新潮文庫

古　　都

川端康成著

新潮社版

1833

古都

春の花

　もみじの古木の幹に、すみれの花がひらいたのを、千重子は見つけた。

「ああ、今年も咲(さ)いた。」と、千重子は春のやさしさに出会った。

　そのもみじは、町なかの狭(せま)い庭にしては、ほんとうに大木であって、幹は千重子の腰(こし)まわりよりも太い。もっとも、古びてあらい膚(はだ)が、青くこけむしている幹を、千重子の初々(ういうい)しいからだとくらべられるものではないが……。

　もみじの幹は、千重子の腰ほどの高さのところで、少し右によじれ、千重子の頭より高いところで、右に大きく曲っている。曲ってから枝々(えだえだ)が出てひろがり、庭を領している。長い枝のさきは重みで、やや垂れている。

　大きく曲る少し下のあたり、幹に小さいくぼみが二つあるらしく、そのくぼみそれぞれに、すみれが生えているのだ。そして春ごとに花をつけるのだ。千重子がものごころつくころから、この樹上二株のすみれはあった。

上のすみれと下のすみれとは、一尺ほど離(はな)れている。年ごろになった千重子は、「上のすみれと下のすみれとは、会うことがあるのかしら。おたがいに知っているのかしら。」と、思ってみたりする。すみれ花が「会う」とか「知る」とかは、どういうことなのか。

花は三つ、多くて五輪、毎春まあそれくらいだった。それにしても、木の上の小さいくぼみで、毎春、芽を出して、花をつける。千重子は廊下(ろうか)からながめたり、幹の根もとから見上げたりして、樹上のすみれの「生命」に打たれる時もあれば、「孤独(こどく)」がしみて来る時もある。

「こんなところに生れて、生きつづけてゆく……。」

店へ来る客たちは、もみじのみごとさをほめても、それにすみれ花の咲いているのを気がつく人はほとんどない。老いの力こぶのはいった太い幹が、青ごけを高くまでつけて、なお威厳(いげん)と雅致(がち)とを加えている。それに宿るささやかなすみれなど目につかぬのだ。

しかし蝶(ちょう)は知っている。千重子がすみれの花をみつけた時、庭を低く飛んでいた、小さく白い蝶のむれが、もみじの幹からすみれ花の近くに舞(ま)って来た。もみじもやや赤く小さい若芽をひらこうとするところで、その蝶たちの舞(まい)の白はあざやかだった。

二株のすみれの葉と花も、もみじの幹の新しい青色のこけに、ほのかな影(かげ)をうつしていた。

花ぐもりぎみの、やわらかい春の日であった。

白い蝶たちが舞い去ったあとまで、千重子は廊下に坐(すわ)って、もみじの幹の上のすみれを見ていた。

「今年も、そんなとこで、よう咲いとおくれやしたな。」と、ささやきかけたいようである。

すみれの花の下あたり、もみじの根かたには、古い灯籠(とうろう)が立っている。灯籠の足にきざまれた立像を、千重子の父はキリストだと、いつか千重子に教えたことがあった。

「マリアさまやおへんの?」と、その時、千重子は、「北野(きたの)の天神(てんじん)さんに、よう似た大きいのがありましたえ。」

「これはキリストやそうな。」と、父はあっさり言った。「赤子抱(だ)いてやはらへん。」

「あ、ほんまに……。」と、千重子はうなずいたものだった。そして、たずねた。「うちの御先祖(ごせんぞ)に、キリシタンがおいやしたんどすか。」

「いいや、この灯籠は、庭師か石屋が持って来て、すえたんやろ。そないめずらしいという灯籠やない。」

このキリシタン灯籠は、むかし、キリシタン禁制のころにつくられたものであろう。質のあらくもろい石なので、浮き彫りの像も、なん百年かの風雨に朽ちこぼれて、ただ頭とからだと足の形が、それと見られるだけである。もともと単純な彫りだったのだろう。そでは長くてすそまでとどきそうである。合掌しているらしいが、腕のあたりがややふくらんでいるだけで、形はわからない。しかし、仏や地蔵の像とは感じがちがう。

むかしは信仰のしるしであったか、むかしの異国風の飾りであったかの、キリシタン灯籠が、今はただその古さびのために、千重子の店の庭でも、もみじの古木の根かたにおかれている。目にとめる客があると、父は「キリスト像」だと言う。でも、商用の客には、大もみじのかげの、くすんだ灯籠など気のつく人はまれだった。気がついたところで、庭に灯籠の一つや二つはあたりまえで、よく見もしない。

千重子は樹上のすみれ花を見つけた目を落して、キリストをながめていた。千重子はミッションの学校ではなかったが、英語に親しむために、教会に出入りをして、新旧の聖書も読んでいた。しかし、この古さびた灯籠に、花をささげたり、ろうそくをともしたりするのは、ふさわしくないようである。灯籠のどこにも十字架は彫られていなかった。

キリスト像の上のすみれの花は、これは、マリアの心のように思われもした。千重子はキリシタン灯籠から、またすみれ花に目をあげた。――ふと、そして、古丹波（こたんば）の壺（つぼ）に飼育（しいく）している鈴虫（すずむし）が思い出された。

鈴虫を千重子が飼（か）いはじめたのは、もみじの古木にすみれの花を見つけたよりも、よほど新しい。四五年このかたのことである。高等学校の友だちの居間（いま）で、鳴きしきるのを聞いて、いく匹（ひき）かをもらって来てからである。

「壺のなかで、かわいそうやわ。」と、千重子は言ったが、籠（かご）で飼って、ただ死なせるよりもいいと、友だちは答えたものだ。たくさん飼っておいて、卵を売る寺さえあるという。同好者も少くないようだった。

千重子の鈴虫も、今ではふえて、古丹波の壺二つになっている。毎年きまって、七月の一日ごろに卵からかえって、八月のなかごろに鳴きはじめる。

しかし、狭く暗い壺のなかで、生れ、鳴き、卵をうみつけ、死んでゆく。それでも、種（しゅ）の保存はするから、なるほど、籠で飼う、短いいのちの一代きりよりいいかもしれないが、まったく壺中（こちゅう）の一生であり、壺中が天地である。

「壺中の天地」という話が、大むかしの中国にあることは、千重子も知っている。その壺中には、金殿玉楼（きんでんぎょくろう）があり、美酒や山海の珍味（ちんみ）にみちていた。壺中はつまり、俗世間をはなれた、別世界、仙境（せんきょう）であった。数多い仙人伝説の一つである。

しかし、鈴虫たちは、もちろん、浮世（うきよ）をいとうて、壺のなかにはいったわけではない。壺のなかにいるとも、おそらくは知らないであろう。そして、生をいとなんでゆく。

鈴虫で千重子をもっともおどろかせたのは、時に、よそからの雄（おす）たちを壺に入れてやらないと、一つの壺の鈴虫だけにしておいては、生れてくる虫が、小さく弱まってしまうことであった。血族結婚（けつぞくけっこん）が重なるからである。それをさけるために、鈴虫の同好者たちは、雄を交換（こうかん）する習わしがある。

今は春で、鈴虫の秋ではないけれども、もみじの幹の上のくぼみに、今年も咲いたすみれの花から、千重子が壺のなかの鈴虫を思い出したのは、つながりのないことでなかった。

鈴虫は千重子が壺に入れたのだが、すみれはどうしてこんな狭苦しいところに来たのだろう。すみれは花咲き、鈴虫は今年も生れて鳴くだろう。

「自然の生命……？」

千重子は春のそよ風になぶられる髪を、片耳にかきあげた。すみれや鈴虫に思いくらべて、「自分は……？」

自然の生命のいっせいにふくらむ春の日のなかに、このささやかなすみれを見ているのは、千重子だけであった。

店の方から昼飯に立つらしい、けはいが聞えた。

千重子も約束の花見にゆく、身じまいの時が近づいていた。

きのう、水木真一が千重子に電話をかけてきて、平安神宮の桜見に誘ったのだった。真一の友だちの学生が、神苑の入り口で、半月ほど、入苑券しらべに働いている、その学生から、今が花のさかりと、真一は聞いたと言う。

「見張りをつけといたようなもんで、これほど、たしかなことはないやろ。」と真一は低く笑った。真一の低い笑いはきれいである。

「その人に、うちらも見張られるの？」と千重子は言った。

「そいつは門番やないか。だれでも通しよる門番や。」と、真一はまた短く笑った。

「でも、千重子さんがいややったら、別にはいって、お庭のなかの花の下で会えばいい。ひとりでいくら見ていたかて、見あきるという花やないもの。」

「そんなら、おひとりでお花を見といやしたら、よろしおすやんか。」

「いいけど、今晩大雨が降って、散ってしまっても、ぼくは知らんで。」

「落花の風情を見ますもん。」

「雨にたたかれて落ちよごれた花が、落花の風情なの？　落花というのはね……。」

「いけずやわ。」

「どっちが……？」

千重子は目立たぬきものをえらんで、うちを出た。

平安神宮は「時代祭」でも知られているが、今の京に千年あまり前、都をさだめられた、桓武天皇を慕って、明治二十八年（一八九五年）に建てたのだから、社殿はそう古くはない。しかし、神門と外拝殿は、平安京の応天門と大極殿を模したという。右近のたちばな左近の桜などもある。都が東京にうつる前の孝明天皇も、昭和十三年に合せまつった。神前結婚が多い。

みごとなのは神苑をいろどる、紅しだれ桜の群れである。今は「まことに、ここの花をおいて、京洛の春を代表するものはないと言ってよい。」

千重子は神苑の入り口をはいるなり、咲き満ちた紅しだれ桜の花の色が、胸の底にまで咲き満ちて、「ああ、今年も京の春に会った。」と、立ちつくしてながめた。

しかし、真一がどこに待っているのか、まだ来ていないのか、千重子は真一をさがしてから、花を見ようと思った。花の木のあいだをおりた。

その下の芝生に、真一は寝ころんでいた。手の指を首筋の下に組んで、目をつぶっていた。

真一が寝ころんでいるなんて、千重子は思いがけなかった。いやだった。若い娘を待つのに寝ころんでいる。自分ははずかしめられた、また行儀が悪い、と感じるよりも、真一の寝ころんでいる、そのことがいやなのだった。千重子の暮しのなかでは、寝ころんだ男の姿など見なれなかった。

真一は大学の庭の芝生で、よく友だちと、肘枕をついたり、仰向けにのびたりして、談論風発するのだろう。その恰好を取ったに過ぎまい。

また、真一の横には、おばあさんが四五人、組み重をひろげながら、のんびりと話をしている。真一はそのおばあさんたちに親しみをおぼえて、そばへ腰をおろすうちに、胸を倒してしまったのだろう。

そんな風に思って、千重子はほほ笑もうとしたが、かえって顔が赤らんだ。真一を呼びさませなくて、ただ立っていた。しかも、真一から離れてゆくように……。千重子は男の寝顔などついぞ見たことがない。

　真一は学生服をきちんと着ているし、髪もちゃんとととのえている。長いまつ毛が合さって、少年のようである。しかし、千重子はそれらにまともに目を向けなかった。

「千重子さん。」と、真一が呼んで立ちあがった。千重子は急にむっとした。

「そんなとこで寝て、みっともないやないの？　通るかたがみなみて行かはるわ。」

「ぼくは眠(ねむ)ってないよ。千重子さんが来た時から、知ってる。」

「いじわる。」

「ぼくの方から呼ばなかったら、どうするつもりやったの？」

「うちを見つけはってから、眠った振(ふ)りをなさったの？」

「なんて幸福そうなお嬢(じょう)さんが、はいって来たかと思って、ちょっとかなしくなってね。少し頭も痛いところやし……。」

「うちが？　あたしが幸福……？」

「…………。」

「おつむが痛いの？」

「いや、もう治った。」

「顔色がお悪いみたいなわ？」

「いや、もうなんでもない。」

「名刀のようやわ。」

名刀のようだと、真一は顔のことを、まれに人から言われたことがあった。しかし、千重子から聞くのははじめてだ。

真一がそういわれる時は、なかになにか激しいものが燃えようとする時であった。

「名刀は人を切りませんよ。ここは花の下だしね。」と、真一は笑った。

千重子は小のぼりに、回廊の入り口の方へもどった。芝生を立った真一もついて来た。

「花をみんな見ていきたいの。」と、千重子は言った。

西の回廊の入り口に立つと、紅しだれ桜たちの花むらが、たちまち、人を春にする。これこそ春だ。垂れしだれた、細い枝々のさきまで、紅の八重の花が咲きつらなっている。そんな花の木の群れ、木が花をつけたというよりも、花々をささえる枝である。

「ここらでは、この花が、うち一番好きやの。」と、千重子は言って、回廊が外にまがってるところへ、真一をみちびいた。そこの一本の桜は、ことに大きくひろがっていた。真一もそばに立って、その桜をながめていたが、

「よくみると、じつに女性的だね。」と言った。「しだれた細い枝も、それから花も、じつにやさしくて豊かで……。」

そして、八重の花の紅には、ほのかなむらさきがうつっているようだった。

「こんなに女性的とは、今まで思わなかった。色も風情も、なまめかしいうるおいも。」と、真一はまた言った。

二人はその桜を離れると、池の方へ進んだ。道の狭まったあたりに、床几が出て、緋もうせんが敷いてあった。客が腰かけて、薄茶を飲んでいた。

「千重子さん、千重子さん。」と呼ばれた。

小暗い木立のなかの澄心亭という茶室から、振袖の真砂子がおりて来た。

「千重子さん、ちょっとでも手つどうてほしいわ。うち、つかれたわ。先生のお席のお手つだいやの。」

「この恰好やったら、お水屋くらいやわ。」と千重子はいった。

「かまへん、お水屋で……。立て出しやさかい。」

「おつれがあるのよ。」

真砂子は真一に気がつくと、千重子の耳にささやいた。

「いいなずけ?」

千重子はかすかに首を振った。

「ええひと？」

また首を振った。

真一は背を向けて歩き出していた。

「な、お席へはいって行ったらどうえ、ごいっしょに……。今、すいてるし。」と、真砂子に誘われたが、千重子はことわって、真一のあとを追うと、

「お茶のお友だち、きれいなお人どっしゃろ。」

「あたりまえのきれいさやね。」

「まあ。聞えるやないの。」

立って見送っている真砂子に、千重子は目礼した。

茶室の下の小みちを抜けると、池がある。岸近くに、しょうぶの葉が、若いみどり色で、立ちきそっている。睡蓮の葉も水のおもてに浮き出ていた。

この池のまわりは、桜がない。

千重子と真一とは岸をめぐって、小暗い木下路にはいった。若葉の匂いと、しめった土の匂いがした。その細い木下路は短かった。前の池よりも広い池の庭が、明るく

ひらけた。岸べの紅しだれ桜の花が、水にもうつって目を明るくする。外人の観光客たちも、桜を写真に取っていた。

しかし、岸と反対の木立には、あしびもつつましく白い花をつけていた。千重子は奈良を思った。また、大木ではないが、姿のいい松が多かった。桜の花がなければ、松のみどりに目をひかれるだろう。いや、今も、よごれのない松のみどりや池の水が、しだれた紅の花むれを、なおあざやかに浮き立たせているのだった。

真一は先きに立って、池のなかの飛び石を渡った。「沢渡り」と呼ばれている。鳥居を切ってならべたような、円い飛び石である。千重子はきもののつまを、少しからげるところもあった。

真一は振りかえって、

「千重子さんを負うて渡ってみたいなあ。」

「しとおみやす。尊敬するわ。」

もちろん、老女も渡れる飛び石である。

飛び石のすそにも、睡蓮の葉が浮いていた。そして、向う岸に近づくと、飛び石のまわりの水に、小松の影がうつっていた。

「この飛び石のならべ方も抽象かな?」と、真一は言った。

「日本の庭はみんな抽象とちがいますの？　醍醐のお寺のお庭の杉ごけのように、抽象、抽象て、やいやい言われてると、かえっていややけど……。」

「そうやな、あの杉ごけはたしかに抽象やな。醍醐の五重の塔は、修理がすんで、落慶式や。見にいこか。」

「新しい金閣寺みたいに、醍醐の塔もならはったんどすか。」

「あざやかな色に新しなったんやろな。塔は焼けてへんけど……。解体して、もと通りに組み立てたんや。その落慶式が、ちょうど花の盛りで、えらい人出らしい。」

「花やったら、ここの紅しだれよりほかは見たいことないの。」

二人は少し奥の沢渡りを渡り終っていた。

沢渡りを渡った、岸のあたりに、松が群れ立ち、やがて橋殿にかかった。正しくは泰平閣と呼ぶように「殿」の姿も思わせる「橋」である。橋の両側は、低いもたれのある床几のようになっている。人々はここに腰かけて休む。池ごしに庭のたたずまいをながめる。いや、もちろん、池があっての庭である。

腰かけた人たちは、なにか飲んだり、食べたりもしている。橋のまんなかを走りまわっている子どももある。

「真一さん、真一さん、ここ……。」と、千重子は先きにかけて、真一の席を右手でおさえて、場を取った。

「ぼくは立っててもいい。」と、真一は言った。「千重子さんの足もとに、しゃがんでても……。」

「知らん。」千重子はすっと立って、真一をかけさせた。「鯉の餌を買うて来ます。」

千重子がもどって、池にふを投げると、鯉のむれが寄り重なって、水の上に身を乗り出すのもあった。さざ波の輪がひろがった。桜や松の影がゆれた。

餌の残りを、「あげましょか。」と、千重子は真一に言った。真一はだまっていた。

「まだ、おつむがいとおすか。」

「いいや。」

二人はそこに長いこと、腰かけていた。真一は冴えた顔で、水のおもてをじっとながめていた。

「なに考えてはんの?」と、千重子の方から聞いた。

「さあ、なんやろな。なんにも考えない幸福の時もあるやろ。」

「こんな花の日には……。」

「いいや、幸福なお嬢さんのそばで……。その幸福が匂って来るのやろか。あたたかい若さのようにね。」

「あたしが幸福……？」と、千重子はまた言った。目に憂愁(ゆうしゅう)のかげが、ふと浮(うか)んだ。うつ向いたので、ただ、池の水が目にうつったようでもあった。

しかし、千重子は立ちあがった。

「橋の向うに、うちの好きな桜があります。」

「ここからも見える、あれね。」

その紅しだれは、もっともみごとであった。名木としても知られている。枝(えだ)はしだれ柳(やなぎ)のように垂れて、そしてひろがっている。その下に行くと、あるなしのそよ風に、花は千重子の足もとや肩(かた)にも散った。

花はその桜の木の下にも、まばらに落ちていた。池に散り浮んでもいた。しかしこれは、七八輪しかないだろうが……。

しだれ枝は、竹組みに支えられているけれども、花枝の細いさきが、池に垂れとどきそうなのもあった。

この紅八重花の重なりのすきまから、池の向う、東の岸の木立の上に、若葉の山がながめられた。

「東山(ひがしやま)のつづきかなあ？」と、真一は言った。

「大文字山(だいもんじやま)どす。」と、千重子は答えた。

「へえ、大文字山か。高う見えるやんか？」

「花のなかに見るからどっしゃろな。」そう言う千重子も、花のなかに立っていた。

二人は立ち去るのを惜(お)しんだ。

その桜のあたりには、あらい白砂が敷かれていた。白砂の右手に、この庭としては高い松の群れが美しく、そして神苑の出口だった。

応天門を出てしまうと、千重子は言った。

「清水(きよみず)さんへ行ってみとうなったわ。」

「清水寺？」なんて平凡(へいぼん)なという顔を、真一はした。

「清水から京の町の夕ぐれを見たいの。入り日の西山の空を見たいの。」と、千重子が重ねて言うのに、真一もうなずいた。

「ふん、行こう。」

「歩いてやね。」

かなりの道のりだった。電車通りはさけた。二人は南禅寺(なんぜんじ)道へ遠まわりをし、知恩院(ちおんいん)の裏を抜け、円山公園(まるやまこうえん)の奥を通って、古い小路(こうじ)を清水寺の前へ出た。ちょうど、春の夕もやがこめていた。

清水の舞台にも、見物の人は、女子学生が三四人しか残っていなかった。もうその顔も、さだかには見えない。

千重子が好んで来た時刻である。奥闇の本堂には、灯明がともっている。千重子は本堂の舞台には立たないで行き過ぎた。阿弥陀堂の前から、奥の院へ進んだ。

奥の院にも懸崖づくりの「舞台」があった。檜皮ぶきの屋根が軽やかなように、舞台も小さく軽やかだった。しかし、この舞台は西向きであった。京の町に向き、西山に向いていた。

町は灯がつき、しかも、薄明るさを残していた。

千重子は舞台の勾欄に寄って、西をながめた。つれの真一を忘れたようである。真一は身を近づけて行った。

「真一さん、あたしは捨子どしたんえ。」と、千重子がとつぜん言った。

「捨子……?」

「へえ、捨子どす。」

真一は「捨子」という言葉が、なにか心の意味かと迷った。

「捨子か。」と、真一はつぶやいた。「千重子さんでも、自分が捨子やなんて思うことがあるの？　千重子さんが捨子なら、ぼくかて捨子やな、精神の……。人間はみんな、捨子かもしれへん。生れるということは、神からこの世に捨てられたようなもんかな。」

真一は千重子の横顔を見つめた。夕べの色が、ほのかに染めるほどでなく染めて、春のよいのうれいであろうか。

「それで、かえって、神の子というのやろか。捨てておいて、救おうとする……。」しかし、千重子は耳にもはいらぬように、灯（ひ）ともしの京の町を見おろしていた。真一を振（ふ）り向きもしなかった。

真一は千重子のなにかわからぬかなしみで、その肩に手をあげようとした。千重子は身をさけた。

「捨子にさわらんといとくれやす。」

「神の子の人間は、捨子やと言うのに……。」と、真一はやや声を強くした。

「そんなむずかしいことやあらしまへん。あたしは神の捨子やのうて、人間の親が捨てはった捨子どす。」

「………。」

「店のべんがら格子の前に、捨てられてた捨子どす。」

「なに言うね。」

「ほんまどす。こんなこと、真一さんに言うてみたかて、しょうがないけど……。」

「…………。」

「うちなあ、清水さんのここから、広い京の夕ぐれをながめて、うちはほんまに京の町で生れたんやろかて思うのどす。」

「なにを言うてる。頭がおかしいぞ……。」

「こんなこと、なんのためにうそつきますね。」

「問屋の可愛がられてる、一人娘やないか。一人娘は妄想のとりこになる。」

「そら、可愛がってもろてます。もう今では、捨子やったかてええけど……。」

「捨子のしょうこがあるの？」

「しょうこって、店の前のべんがら格子や。古い格子はよう知ってる。」と、千重子は声がなおきれいになって、「うちが中学にはいったころやったかしらん、お母さんがうちを呼んで、千重子は自分のおなかをいためた子やない、可愛い赤んぼをさろうて、車でいっさんに逃げたんや、言わはりました。けど、赤んぼをさろうた場所が、父と母とで、うっかりちがうことがあります。夜桜の祇園やったり、鴨の川原やったり……。店の前の捨子では、うちがあんまり可哀想（かわいそう）や思うて、そんなことを……。」

「へええ、実の親はわからへんの。」

「今の親が可愛がってくれはるし、もうさがす気はあらしまへん。うみの親は、仇野（あだしの）あたりの無縁仏（むえんぼとけ）のうちにでもおいやすやろか。あの石はみな古うおすけれど……。」

西山からの春のやわらかい夕色は、京のほとんど半天に、ほの赤いもやのようにひろがって来た。

千重子が捨子だとか、まして、さらわれた子だとか言うのを、真一は信じかねた。千重子の家は、古い問屋町のなかだから、近所でしらべても、すぐわかるが、真一はもちろん、しらべてみる気など、今ありはしない。真一が迷い、そして知りたいのは、千重子がなぜ、こんな告白を、ここでするかであった。

しかし、真一を清水までも誘（さそ）って来て、こんな告白のためにか、千重子の声はなお純に澄（す）んだ。その底に一筋の美しい強さが通っている。真一に訴（うった）えようとしたのではなさそうだ。

真一が愛していることを、千重子はうすうす知っているにちがいない。千重子の告白は愛する人に、自分の身の上を知ってもらうためだったか。真一にそうは聞えなかった。むしろ逆に、愛をあらかじめ拒(こば)むためかとひびいた。「捨子」というのが、千重子のつくり話だったとしても……。

真一が平安神宮(へいあんじんぐう)で、千重子を「幸福」だと、再三くりかえした、その抗議(こうぎ)であればいいと思いながら、真一は言ってみた。

「捨子とわかってから、千重子さんはさびしかった？　かなしかった？」

「いいえ、ちっとも、さびしいなかった。かなしいこともなかったの。」

「…………。」

「大学へ進学したいて頼(たの)んだ時、うちのあととり娘には、大学なんて、じゃまになるやろ。それより、商売をよう見ておおき。父にそない言われた時だけは、ちょっと……。」

「おとどしやな。」

「おとどしどす。」

「千重子さんは親に絶対服従か。」

「はあ、絶対服従どす。」

「結婚(けっこん)のようなことも？」

「はあ、今はそのつもりどす。」と、千重子はためらいもなく答えた。

「自己というもの、自分の感情というものがないの？」と、真一は言った。

「あり過ぎて、困るみたいなんどすけど……。」

「それをおさえて、殺してしまうの？」

「いいえ、殺さしまへん。」

「なぞみたいなことばっかり言うて。」と、真一は軽く笑おうとする声が、少しふるえて、勾欄に胸を乗り出すと、千重子の顔をのぞこうとした。「なぞの捨子の顔が見たいな。」

「もう暗おすやろ。」と、千重子ははじめて、真一を振り向いた。目がきらめいていた。

「こわいこと……。」と、千重子はその目を本堂の屋根にあげた。厚い檜皮ぶきの屋根が、重く暗い量感で、おそろしく迫（せま）って来た。

尼寺と格子

千重子の父の佐田太吉郎は、三四日前から、嵯峨の奥にかくれた尼寺に、かくしてもらっていた。

尼寺といっても、庵主は六十五を過ぎている。その小さい尼寺は古都のことで、ゆいしょはあるのだが、門も竹林の奥で見えないし、観光にはほとんど縁がなくて、ひっそりとしていた。離れがまれに茶会につかわれるくらいのものであった。名の知れた茶室というのでもない。庵主はときどき生花を教えに出かける。

この尼寺の一間を借りた、佐田太吉郎もまあ今では、この尼寺に似ているであろうか。

佐田の店はとにかく京呉服問屋として中京にある。まわりの店が、たいてい株式会社となったように、佐田の店も形は株式会社である。太吉郎はもちろん社長であるが、取引は番頭（今は専務あるいは常務）にまかせている。まだしかし、むかしのお店風のしきたりを、多分に残している。

太吉郎は若い時から、名人気質であった。そして、人ぎらいだった。自分の作品の染織の個展を催すような野心は、まったくなかった。催したにしても、そのころでは新奇過ぎて、売りものとしてはむずかしかっただろう。

先代の太吉兵衛は、まあだまって、太吉郎のすることをながめていた。時流に合う模様を描く内の図案家、外の画家に、ことをかかなかったのだ。ただ、天才でない太吉郎がゆきなやんで、麻薬の魔力をかりて、友禅の怪しい下絵を書くのを知った時には、すぐに病院へ送ったものであった。

太吉郎の代になってからは、その下絵も尋常になって来た。太吉郎はそれをかなしんだ。嵯峨の尼寺へ、ひとりでこもったりするのも、天来の構図を得たいためであった。

戦争の後は、きものの模様も、いちじるしく変った。むかし、麻薬によった、怪しい模様が、今ならむしろ、新鮮な抽象であったかと思い出される。しかし、太吉郎ももう五十代の半ばを過ぎていた。

「思いきった古典調でいったろか。」と、太吉郎はつぶやくことがある。しかし、むかしのすぐれたものが、数々目に浮んで来る。古代裂や古い衣裳の模様や色彩は、みな頭にはいっている。もちろん、京の名園や野山も歩いて、きもの風に写生もしていた。

娘の千重子が、ひるごろに来た。

「お父さん、森嘉の湯豆腐をおあがりやすか。買うて来ました。」

「ああ、おおきに……。森嘉の豆腐もうれしいけど、千重子の来たのはもっとうれしい。夕方までいて、お父さんの頭をほぐしてんか。ええ図柄が浮ぶように……。」

織物問屋の主人が下絵を描く必要はないし、むしろ商いのじゃまになるほどだ。

しかし、太吉郎は店でも、キリシタン灯籠のある中庭の、座敷の奥まった窓べに机をおいて、半日も坐っていることがある。机のうしろの古びた桐だんす二つには、中国や日本の古代ぎれが入れてある。たんすの横の本箱は、国々の織物の図録ばかりである。

奥に離れた倉二階には、能衣裳や、うちかけなども、これはもとの形のまま、かなり保存されている。南方の国々のさらさなども少くない。

太吉郎の先代、あるいは先々代から集めておいたものもあるが、古代ぎれの展観が催される時など、出品をもとめられると、

「うちは先祖からの遺志で、門外不出でございます。」と、太吉郎はにべもなくこと

わってしまう。ことわりようはがんこである。

京都の古い家なので、かわやへゆくのに、太吉郎の机の横の細い廊下を渡ってゆく。それは眉をひそめてだまっているが、店の方が少し騒々しいと、

「静かにでけんか。」と、とげとげしい声を出す。番頭が手をついて、

「大阪からのお客さんでんね。」

「買うてもらわんかてよろし。問屋はたんとある。」

「古くからのお得意さんでござりまっさかい……。」

「呉服は目で買うもんや。口で買うなんて、目がないやないか。商人なら、ひと目でわかるわ、うちのは安物が多いけどな。」

「へえ。」

太吉郎は机の下から座蒲団の下にひろげて、異国のゆいしょある、じゅうたんを敷いていた。そして、太吉郎のまわりは、南方の貴いさらさをかあてんにしてかこった。これは千重子の智慧であった。かあてんはいくらか店の音をやわらげる役にも立った。千重子はこのかあてんを、ときどき取りかえた。取りかえるたびに、父は千重子のやさしさを心におぼえながら、ジャバだとか、ペルシャだとか、いつの時代だとか、なんの図案だとか、そのかあてんの話をする。そのくわしい解説は、千重子にわからぬ

こともあった。

「袋ものにはもったいないし、お茶のふくさにきざむには大きすぎますし、帯にしたら、なん本取れますやろ。」と、千重子はある時、かあてんを見まわした。

「はさみを持っといで……。」と、太吉郎は言った。

そのはさみで、父はさすがに器用に、かあてんのさらさを切った。

「こいで、千重子の帯に、ええやろ。」

千重子はびっくりして、目がうるんだ。

「いやあ、お父さん？」

「ええがな、ええがな。千重子がこのさらさの帯をしめてくれたら、わしにもまた、下絵の考えがわくかもしれへん。」

千重子が嵯峨の尼寺へしめて行ったのも、この帯であった。

太吉郎はもちろんすぐ、娘のさらさの帯が、目にはいってはいたが、見はしなかった。さらさ模様としては、大柄に派手で、色の薄い濃いもある方だったけれども、花のころの若い娘の帯には、どうであろうかと、父は思った。

千重子は半月弁当を、父のそばにおいて、

「おあがりやすの、ちょっと待っとくれやす。湯豆腐の支度して来ます。」

「…………。」

千重子は立つはずみに、門のあたりの竹林を振り向いた。

「もう竹の秋やな。」と、父は言った。

「土塀もくずれかけたり、傾いたりして、だいぶはげてる。わしみたいなもんやな。」

千重子は父のそんな言い方になれていて、なぐさめもしないで、「竹の秋……。」とだけ、父の言葉をくりかえした。

「来る道の桜は？」と、父は軽くたずねた。

「散った花びらが、お池にも浮いてます。山の若葉のなかに、一二本散り残ったの、少し離れたとこから見て通るのは、かえって、ええもんどすな。」

「ふん。」

千重子は奥へはいった。ねぎをきざんだり、かつおぶしをかいたりする音が、太吉郎に聞えた。千重子は樽源の湯豆腐の道具を、ととのえてもどった。——それくらいの食器は、うちから運びこんであった。

千重子はまめまめしく給仕をした。

「ひと口、いっしょにどうや。」と父は言って、

「はい、おおきに……。」と答える娘の肩（かた）から胸（むな）もとを見て、

「地味やなあ。千重子はわしの下絵のんばっかりやな。着てくれるのは、千重子だけかもしれへん。売りものにならんのをな……。」

「好きで着させてもろてるのやさかいに、よろしおす。」

「ふうん、地味やなあ。」

「地味は地味どすけど……。」

「若い娘さんの地味なのは、悪うない。」と、父は不意にきびしく言った。

「よう見やはる人は、ほめとおくれやすけど……。」

父はだまりこんだ。

太吉郎の下絵は、今もう、趣味（しゅみ）か道楽かである。いくらか一般向（いっぱんむ）きの問屋になっている店では、太吉郎の下図など、番頭が主人の顔を立てて、ほんの二三枚しか染めさせない。その一枚を、娘の千重子が、いつも、自分から進んで着るのだった。生地（きじ）は吟味（ぎんみ）してある。

「わしのばかり着んでもええで。」と、太吉郎は言った。「また、うちの店のばっかり着んでもええで……。そんな義理は、いらんこっちゃ。」

「義理？」と、千重子はおどろいて、「義理なんて立ててえやしまへん。」

「千重子が派手なもんを着だしたら、ええ人ができたと思おか。」と、父は笑わないほおで、声高に笑った。

千重子は湯豆腐の給仕をしていると、父の大きい机がおのずと目にはいる。京染の下絵を描くらしいものはなにもない。

机の片隅に、江戸蒔絵の硯箱と、高野切の複製（というよりも手本）が、二帖おいてあるだけだ。

尼寺に来て、父は店の商いを忘れようとしているのかと、千重子は思った。

「六十の手習いや。」と、太吉郎ははにかむように言った。「けど、藤原の仮名の流れる線は、下絵の役に立たんこともないやろ。」

「………。」

「なさけないこっちゃ、手がふるうねん。」

「おおきいお書きやしたら？」

「おっきく書いてるねやけど……。」

「硯箱の上の、古いお数珠は？」

「ああ、あれか。庵主さんに無心言うて、いただいたんや。」

「あれをかけて、お父さんお拝(おが)みやすの。」

「今の言葉で言うたら、まあ、マスコットやな。口にくわえて、珠(たま)をかみくだきとうなる時もあるけど。」

「ああ、きたな。長年の手垢(てあか)で、よごれてまっしゃろ。」

「なんできたない。二代か三代の尼さんの、信仰(しんこう)の垢やないか。」

千重子は父のかなしみにふれたようで、だまってうつむいた。湯豆腐のあとなどを、台所へ運んだ。

「庵主さんは……？」と、千重子は奥から出て来て言った。

「もう、帰らはるやろ。千重子はどないする？」

「少し嵯峨を歩いて帰ります。嵐山(あらしやま)は今ごろえらい人やし、野々宮(ののみや)や、二尊院(にそんいん)の道や、仇野(あだしの)が、うちは好きどす。」

「千重子の若さで、そんなとこが好きやったら、末が案じられるわ。わしに似んといとくれや。」

「女が男に似るもんどすか。」

父は縁(えん)に立って千重子を見送っていた。

老尼(ろうに)がまもなく帰った。さっそく庭の掃除(そうじ)にかかった。

太吉郎は机にすわって、宗達や光琳のわらび、そして春の草花の絵を、頭に浮べていた。今帰って行ったばかりの、千重子を思っていた。

里の路に出ると、父のかくれている尼寺は、竹林にかくれてしまった。

千重子は仇野の念仏寺に参るつもりで、その古びた石段を、左手の崖に二体の石仏のあるあたりまでのぼったが、上の方に、やかましい人声があるので、立ちどまった。

いく百とも知れぬ、朽ちた石塔の群れは、無縁仏とか言われる。このごろでは、ふしぎな薄物を着せた女を、小さい石塔の群落のなかに立たせて、写真の撮影会があったりもするようになった。今日も、そんなことであろうか。

千重子は石仏の前から、石段をおりてしまった。父の言葉が思い出されもした。

春の嵐山の行楽客を避けるにしても、仇野と野々宮とでは、なるほど、若い娘らしくない。父の図案の地味なものを着ているよりも……。

「お父さんはあの尼寺で、なにもしていやはらへんらしい。」と、千重子は薄らさびしさが胸にしみる。「手垢で古びた、数珠をかんだりして、どんなこと、考えといやすのやろ。」

時には、数珠の玉をかみくだくようなはげしさを、父が店では、おさえているのを、千重子は知っている。

「うちの手の指なと、おかみやしたらええのに……。」と、そう千重子はつぶやいて、頭を振った。そして、母と二人で、念仏寺の鐘をついたことに、心を移そうとした。

この鐘楼は新しく立てたものだ。小柄の母がついても、鐘はよく鳴らないので、

「お母さん、呼吸どすがな。」と、千重子は母の手のひらに、手のひらを重ねて、いっしょについたものだった。よく鳴った。

「ほんまやな。どこまで、ひびくやろ。」と、母はよろこんだ。

「そら、なれたお坊さんのおつきやすのともちがいます。」と、千重子は笑ったものだった。

千重子はそんなことを思い出しながら、野々宮への小路を歩いた。この小路は、「竹藪の底へはいって行く。」と書かれたのは、そう古いことではないが、今は小暗さもだいぶ明るくなっている。門の前の売店も声をかける。

しかし、ささやかな社は、今も変らない。「源氏物語」にもあるが、伊勢神宮につかえる斎宮（内親王）が、ここに三年、清浄無垢の身をこもって潔斎した、宮居のあとという。皮のついたままの黒木の鳥居、そして小柴垣で知られている。

その野々宮の前から、野道を行くと、ひろびろとひらけて、嵐山である。

千重子は渡月橋の手前、岸の松並木から、バスに乗った。

「帰ったら、お父さんのことを、なんて言うたらええのやろ……。お母さんは見通しやけど……。」

中京の町屋は、明治維新前の「鉄砲焼き」、「どんどん焼き」で、多く焼けうせた。太吉郎の店もまぬがれなかった。

だから、そのあたりに、べんがら格子、二階のむしこ窓の、古い京風の店がのこっているにしろ、じつは、百年とは経っていないのである。――太吉郎の店の奥土蔵は、この火に焼け落ちなかったというが……。

そして、太吉郎の店が、今様にほとんど改められていないのは、主人の人柄にもよろうが、あまり勢いのよくない、問屋のせいでもあろうか。

千重子が帰って来て、格子戸をあけると、奥まで見通しである。

母のしげは、いつもの父の机にすわって、たばこをのんでいた。左腕でほお杖ついて、背をかがめているので、読み書きでもしているようだが、机の上にはなんにもない。

「ただいま。」と、千重子は母のそばに寄った。

「ああ、お帰り。ご苦労さんどしたな。」と、母はわれにかえったようで、「お父さん、どうしといやした？」

「そうどすな。」

千重子は答えを考えるまに、「お豆腐を買うていきました。」

「森嘉のな？　お父さん、およろこびやしたやろ。湯豆腐にして……？」

千重子はうなずいた。

「嵐山はどうやった。」と、母はたずねた。

「えらい人出……。」

「お父さんに、嵐山まで送っておもろたんか。」

「いいえ、庵主さんがお留守どしたさかい……。」

そして、千重子は答えた。「お父さんは、お習字していやはるようどした。」

「お習字な。」と、母は意外な風もなく、「手習いは、心が落ちついてよろしおっしゃろ。わたしもおぼえがおす。」

千重子は母の色白で品のいい顔をうかがった。千重子に読み取れる、動きはなかった。

「千重子。」と、母は静かに呼んだ。

「千重子、あんたなあ、このお店をついでいかんでもよろしいえ……。」

「………。」

「お嫁にいきたかったら、いってもよろしおすのえ。」

「………。」

「よう聞いといるか？」

「なんで、そんなことお言いやすの？」

「ひと口には言われへんけど、お母さんも、五十どっしゃろ。考えては言うてます。」

「このお商売を、いっそ、おやめやしたら……？」と、千重子はきれいな目をうるませた。

「そないな、一足飛びなこと言うたかて……。」と、母はかすかに笑った。

「千重子、うちのお商い、やめたらええて言うたん、それ本心どすか。」

声は高くないが、母はひらき直っていた。――母がかすかに笑ったと、千重子に見えたのも、目のあやまりであったのか。

「本心どす。」と、千重子は答えた。痛みが一筋、胸を通った。

「怒ってるのやないえ。そないな顔、せんとおきやす。言える若い人と、言われる年よりと、どっちがさびしいか、よう分かってまっしゃろ。」

「お母さん、かんにしとくれやす。」

「かんにんするも、せんも……。」

こんどは母も、ほんとうにほほえんだ。

「お母さんが、つい先っき、千重子に言うたのと、合わへんようやしな……。」

「千重子かて、うっかり、なにを言うやら、自分にかてわからしまへん。」

「人間は――女もそやけど、なるべくな、とことんまでな、言うことは変えんとおきやすや。」

「お母さん。」

「お父さんにも、嵯峨(さが)で、おんなじようなこと、言うてみたんか？」

「いいえ、お父さんには、なんにも……。」

「そうか。お父さんにも言うとおみ。言うてあげて……。男やさかい、お怒りやと思うけど、きっと、心のうちで、およろこびやすわ。」と、母は額をおさえて、「お父さんの机に坐(すわ)らしていただいてな、お父さんのことを、考えてたんえ。」

「お母さんは、見通しどっしゃろ？」

「なんのいな。」

母と娘とは、しばらくだまっていた。千重子はじっとしていられないようで、

「夕飯のしたくに、錦へなにか見に行ってきまひょか。」

「おおきに。たのみまっさ。」

千重子は立ちあがって、店の方へ出ると、土間におりた。もとは、この土間が細長く奥へつづいていたものだ。そして、店と反対の壁ぎわに、黒いかまど（くど）がならび、炊事場があった。

今はさすがに、かまどは使っていない。かまどの奥に、ガス・レンジなどをすえ、板床を張った。もとのように下が漆喰で、吹き通しでは、京のきびしく冷える冬、つらいのだった。

しかし、へっついはこわさないであった。（多くの家にも残っている。）おくどさんの火の神——荒神にたいする、信仰がゆきわたっていたせいでもあろう。くどのうしろに、鎮火の御札がまつってある。そして、布袋がならべてある。布袋は七体までで、毎年初午に伏見の稲荷にまいって、一体ずつ買って来てふやす。もし、そのうちに死人が出ると、はじめの一体から、そろえ直すのである。

千重子の店の、くどの神は、七体そろっていた。父母と娘の三人きりで、この七年、

十年に、死はなかったからである。

くどの神の列の横には、白磁の花立てがおかれて、二日目か三日目には、母が水をかえ、棚（たな）をていねいにふいている。

千重子が買いものかごをさげて出たのと、ほんの一足ちがいに、うちの格子戸へはいる、若い男の姿を見た。

「銀行の人やわ。」

向うは千重子に気がつかなかったらしい。

いつも来る、若い銀行員だから、さして心配なことではあるまいと、千重子は思った。しかし、足が重くなった。店の前格子の方に寄って、その前格子の一本一本に、指さきを軽くふれて歩いた。

店の格子がつきるところで、千重子は店をふりかえり、また見あげた。

二階のむしこ窓の前に、古い看板も目についた。その看板には、小さい屋根がついている。しにせのしるしのようである。飾（かざ）りのようでもある。

おだやかな春の傾（かたむ）いた日が、看板の古びた金字に、にぶくあたっていた。かえって、さびしく見せた。店の厚い木綿（もめん）ののれんも、白っぽくはげて、太い糸目が出ている。

「ふん、平安神宮（へいあんじんぐう）の紅しだれ桜（ざくら）かて、こっちの心で、さびしい時がおすやろ。」と、千重子は足をいそがせた。

錦の市場には、いつものように、人が群がっていた。

父の店の近くまでもどると、白川女（しらかわめ）がいた。千重子から声をかけた。

「うちにも寄っとくれやっしゃ。」

「へえ、おおきに。お嬢（じょう）さん、お帰りやす。ええとこで……。」と、娘は言った。「どこいきどしたの。」

「錦まで。」

「えろおすなあ。」

「神さんのお花……。」

「へえ、まいど……。お好きなん、見とくれやす。」

花といっても、さかきである。さかきといっても、若葉である。

一日（ついたち）と十五日に、白川女が持って来てくれるのだ。

「今日は、お嬢さんがおいやして、よろしおしたわ。」と、白川女は言った。

千重子も若葉の小枝（こえだ）をえらぶのは、心が生き生きした。そのさかきを片手ににぎって、うちにはいると、

「お母さん、ただいま。」と、千重子の声は明るんでいた。

　千重子は格子戸を、また、半ば開いて、通りを見た。花売りの白川女が、まだそこにいるのに、

「はいって休んでお行きやす。お茶を入れまっさかい。」と、呼びかけた。

「へえ、おおきに。いつもおやさしい言うてもろて……。」と、娘はうなずいた。そして野草（のぐさ）をかざして、土間に通った。「なにも芸のない野草どすけど……。」

「おおきに。うち、野草が好きやの、ようおぼえてておくれやして……。」と、千重子は野山の花をながめた。

　かど口をはいったところ、かまどの手前に、古井戸がある。竹を組んだ、ふたがしてある。千重子は花とさかきとを、そのふたの上においた。

「はさみを取って来ます。そうや、さかきの葉は洗わんならんし……。」

「はさみはここにおっせ。」と、白川女はそれを鳴らせてみせながら、「おうちのおくどさんは、いつもおきれいで、うちらの花売りもほんまにありがとおす。」

「母のかん性（しょう）で……。」

「お嬢さんかて……。」

「…………。」

「おくどさんにも、花立てにも、井戸にも、このごろは、ほこりがたまって、よごれたおうちが、多いのどっせ。それで花売りも、だんだんなさけのなって来ます。おうちへよせてもらうと、ほっとして、うれしおすわ。」

「………。」

かんじんの商いの方が、月日に衰えて来るらしいなどとは、千重子は白川女には言えなかった。

母はまだ父の机に坐っていた。

千重子は母を台所に呼んで、市場での買いものを見せた。母は娘がかごから出してならべるものを、この子もつましくなって来たと思った。父が嵯峨の尼寺へ行って、るすだからでもあるが……。

「あても手つだうわな。」と、母も台所に立って、「今来てたの、いつものお花売りさんか。」

「はい。」

「嵯峨の尼寺に、千重子がお父さんにあげた、絵の本はあったか。」と、母は聞いた。

「さあ、目につかしまへんどしたけど……。」

「千重子にもろた本だけは、持って行かはったんどっせ。」

それは、パウル・クレエとか、マチスとか、シャガアルとか、また、もっと現代の抽象の画集だった。新しい感覚でも呼びさましはしないかと、千重子が父のために買ったものであった。

「うちとこはな、なにもお父さんが、下絵を描かはらんでもええのどっせ。よそで染まって来たものを見て、売らはるだけで、ええのや。そやけど、お父さんはな……。」と、母は言った。

「そやけど千重子は、お父さんのきものばっかり、よう着てあげておくれやすな。お母さんからも千重子に、お礼を言わんなりまへん。」と、母はつづけた。

「お礼やなんて……。好きやさかい、着てるだけどす。」

「お父さんは娘のきものや帯を見て、さびしい気、おししまへんのやろか。」

「お母さん。地味なようやけど、よう見てると、味があるのどっせ。ほめてくれはるお人もありますわ。」

千重子は父とも今日、おなじような話をしたのを思い出した。

「きれいな娘さんは、かえって地味なものの似合うことがあるけど……。」と、母は鍋のふたをあけて、にものに箸を入れてみながら、

「お父さんはなんで、派手なもの、はやりものが、描けんようになっておしまいやしたんやろ。」

「…………。」

「お父さんもむかしは、えらい派手なもの、えらい奇抜なものを、描かはったんどっせ……。」

千重子はうなずいたが、「お母さんかて、お父さんのきものやおへんの。」

「お母さんはもう年よりやさかいに……。」

「年より、年よりて、いくつにおなりやしたんどす。」

「年よりにね……。」と、ただ母は言った。

「無形文化財、（人間国宝）というのどすか、小宮さんの江戸小紋な、あれかて若い人が着ると、かえってよううつって、目立つのどっせ。すれちがう人が、振りかえって見ていかはります。」

「小宮先生のようなえらいお方と、うちのお父さんとは、いっしょにならしまへんやろ。」

「うちのお父さんは、精神の波の底から……。」

「むずかしいこと、お言いやな。」と、母は京風の白い顔を動かして、「けどなあ千重子、お父さんもな、千重子の婚礼には、目もあやな、花やかなものをつくってあげるて……。前々から、お母さんもそれは、楽しみにしてるのやけど……。」

「あたしの婚礼……？」

千重子は少し顔を曇らせて、しばらくだまっていた。

「お母さん、お母さんのこれまでの生涯のうちで、心のひっくりかえるようなことはなんどしたの？」

「それはな、前にも話したかもしれんけど、お父さんと結婚した時と、お父さんと二人で、可愛い赤んぼの千重子をさらって逃げた時どす。千重子をさらって、車で逃げた時どす。もう二十年も前やけど、今でも思い出すと、胸がどきどきする。千重子、お母さんの胸を、おさえとおみ。」

「お母さん、千重子は捨子やったんどっしゃろ。」

「ちがう、ちがう。」と、母にしては、はげしく首を振った。

「人間は一生のうちに、一度や二度は、おそろしい悪いことをするもんやな。」と、母はつづけた。

「赤ちゃんをさらうやなんて、お金を盗むよりも、なにを取るよりも、罪が深いやろ。

人殺しよりも悪いことかもしれへん。」

「………。」

「千重子の親ごはんは、気がちがうほど、なげかはったやろな。そう思うと、今からでもかえしてあげたいようやけど、もう、返せしまへんわ。千重子が実の親をさがして、いにたいとお言いなら、しかたがないけど……。このお母さんは、死んでしまうかもしれへんやろな。」

「お母さん、もう、そないなこと言わんといといて……。千重子のお母さんは、うちのお母さん一人しかあらしません。そう思うて、大きなってきたんやし……。」

「ようわかってます。それだけに、よけい、こっちの罪は重いわけやけど……。お父さんと二人で、地獄(じごく)におちる、覚悟(かくご)はしてるのや。地獄なんてなんどす。この世の可愛い娘にかえられるかいな。」

はげしい口調の母を見ると、ほおに涙(なみだ)が流れていた。千重子も涙をためて、

「お母さん、ほんまのことを言うとくれやす。千重子は捨子どすやろ。」

「ちがう、ちがう言うのに……。」と、母はまた首を振って、「千重子は、なんで捨子やと、そんなに思いたがるのえ？」

「お父さんやお母さんが、赤んぼを盗まはるなんて、うち、考えられしまへん。」

「心のひっくりかえるような、おそろしい悪いことを、人間は一生に、一度や二度はするものやて、今言うたやんか。」

「そんなら、千重子をどこでお拾いやしたの。」

「夜桜の祇園さんや。」と、母はよどみなく、「前にも話したかもしれんけどな、花の下の腰かけにな、それは可愛らしい赤んぼが寝さしたって、うちらを見て、花のように笑うのや。抱きあげずにいられへん。抱きあげると、胸がきゅうっとして、もうたまらんのどす。ほおずりして、お父さんの顔を見ると、しげ、この子を盗んで逃げよか。へえっ？　しげ、逃げよ、早よ逃げよ。あとはもう夢中やった。芋棒の平野屋さんの前あたりからな、車に飛び乗ってしもたと思うのやけど……。」

「…………。」

「赤んぼのお母さんが、ちょっとどこかへお行きやした、そのすきやったんやろ。」

母の話は、筋が通っていないこともない。

「運命……。それから千重子は、うちの子になってしもて、二十年もたったやないか？　千重子によかったか、悪かったか。よかったとしても、胸のうちに手を合して、かんにんしてやと、いつもあやまってる。お父さんもそうどっしゃろ。」

「よかった、お母さん、よかったと、うちは思うてます。」と、千重子は両の手のひらを目にあてた。

拾われた子にしろ、さらわれた子にしろ、戸籍の面には、千重子は佐田家の嫡女としてとどけられていた。

千重子が実子ではないと、父と母から、はじめて打ちあけられた時、千重子はまったく、その実感がなかった。中学にはいったころだった千重子は、自分がなにか親の気に入らぬところがあって、そんなことを言われるのかと、疑ってみたほどだった。

おそらく、父や母は近所の人から、千重子の耳にはいるのをおそれて、先きに打ち明けたのだったろうか。千重子の親にたいする親愛のかたいのを信じ、いくらか分別のつく年と思ってのことだったろうか。

千重子はたしかにおどろきはした。しかし、それほどかなしみはしなかった。思春期が来ても、そのことは、あまり悩みはしなかった。太吉郎としげにたいする、愛と親しみは変らないし、そのことにこだわるまいとつとめるほどのこだわりもなかった。千重子の性質でもあったろう。

けれども、実子でないとするなら、実の親はどこかにいるはずだ。きょうだいもあるかもしれない。

「会いとうはないけど……。」と、千重子は思う。「ここよりは、きっと苦しい暮しをしてはんのやろな。」

それも千重子には、とらえどころがない。この古い格子の奥深い店の、父と母とのうれいの方が、胸にしみて来る。

台所で、千重子が手のひらを目にあてたのも、そのためだった。

「千重子。」と、母のしげは娘の肩に、手をおいてゆさぶった。

「むかしのことは、もう聞かんといとくれやす。世のなかには、いつどこに、玉が落ちてるかしれへんやろ。」

「玉、えらい玉どすな。お母さんの指輪にでもなる玉やと、よろしおしたけど……。」

と、千重子はりりしく働き出した。

夕飯のあとかたづけののち、母と千重子とは、奥二階へあがった。

表のむしこ窓の方の二階は、天井も低く、小僧たちなどを寝かせた、そまつな部屋である。中庭の横の渡り廊下から、奥二階に通じる。店からもあがれる。上得意はその二階に通して、もてなしをしたり、泊めたりしたものだ。今はたいていの客を、中庭にのぞんだ座敷で、商談もすませてしまう。座敷といっても、店から奥までつづいていて、たなにあふれた呉服物が、座敷の両側にも、つみ重ねてある。長広いから、品物をひろげて見せるのに、便利である。年中、籐むしろが敷き通しである。

奥二階は天井が高いが、六畳二間で、父母と千重子の居間、寝部屋になっている。千重子は鏡に坐って、髪をほどいた。長い毛がよくまとめられていたものである。

「お母さん。」と、千重子はふすまの向うの母を呼んだ。その声には、いろんな思いがこもっていた。

きものの町

京は大きい都会としては、木の葉の色がきれいである。

修学院離宮のなか、また御所の松のむれ、古寺の広い庭の木々は別としても、木屋町や高瀬川の岸のしだれ柳の並木、五条や堀川のしだれ柳の並木などは、町なかにあって、すぐ旅人の目につく。ほんとうにしだれ柳である。みどりの枝が、地につきそうに垂れて、いかにもやさしい。やわらかな円みをえがいてつらなる、北山の赤松などもそうである。

ことに、今は春である。東山の若葉の色模様も見える。晴れていれば、叡山の若葉の色模様ものぞまれる。

木のきれいなのは町のきれいさ、町の掃除のゆきとどいているせいだろう。祇園などでも、奥の小路にはいると、薄暗く古びた小さい家がならんでいるが、路はよごれていない。

きものをつくる西陣あたりも、そうである。見るもかなしいような、小店が入りこんでいるあたりでも、路はまあよごれていない。小さい格子があっても、ほこりじみてはいない。植物園なんかも、そうである。紙くずの散らばっているようなことはない。

植物園はアメリカの軍隊が、すまいを建てて、もちろん、日本人の入場は禁じられていたが、軍隊は立ちのいて、もとにかえることになった。

西陣の大友宗助は、植物園のなかに、好きな並木道があった。楠の並木道である。楠は大木ではないし、道も長くはないのだが、よく歩きに行ったものだ。楠の芽ぶきのころも……。

「あの楠は、どないなってるやろ。」と、機の音のなかで思うことがあった。まさか占領軍に伐り倒されてはいまい。

宗助は植物園が、ふたたび開かれるのを待っていた。

植物園を出ると、そこから鴨川の岸を少しのぼるのが、宗助の散歩の習わしだった。北山をながめて行くことにもなる。たいていは一人で行く。

植物園と鴨川といっても、宗助はせいぜい一時間ぐらいのものである。しかし、その散歩はなつかしかった。今も思い出していると、

「佐田さんからお電話どっせ。」と、妻が呼んだ。「嵯峨の方においやすようどす。」

「佐田はん？　嵯峨から……？」と、宗助は帳場へ立って行った。

織屋の宗助と問屋の佐田太吉郎とは、宗助の方が、四つ、五つ年下だけれども、商売をはなれても、気が合うなかである。まあ「悪友」というような若い時もあった。しかし、近ごろは、多少遠ざかっている。

「大友どすけど、お久しいことで……。」と、宗助は電話に出ていった。

「ああ、大友さん。」と、太吉郎の声は、いつになくはずんでいた。

「嵯峨へ行っといでやすのか。」と、宗助はたずねた。

「嵯峨のこっそりした尼寺に、こっそりかくれとりましてな。」

「あやしいもんでござりまするな。」と、宗助はわざと言葉をていねいにして、「尼寺にもいろいろ……。」

「いやあ、ほんの尼寺で……。年とった庵主さんがお一人の……。」

「そらええわ。庵主さん、お一人でも、佐田さんは若い子と……。」

「あほなこと。」と、太吉郎は笑って、「今日はな、大友さんにお願いがおして。」

「へえ、へえ。」

「これから、おうかがいしてよろしおすか。」

「どうぞ、どうぞ。」と、宗助は不審がって、「こっちは、動けまへんわ。機の音が、電話にも聞えますやろ。」

「じつは、それですね。なつかしい音や。」

「なに言うといやす。これが止まったら、どないなりますね。かくれた尼寺とちがいまっさかいな。」

佐田太吉郎が車で、宗助の店に着いたのは、半時間とはたっていなかった。目をかがやかせているようだった。さっそく風呂敷をひろげると、

「これをお願いしたい思うて……。」と、下絵をひろげた。

「ほう?」と、宗助は太吉郎の顔をながめて、「帯やな。佐田はんにしては、えろうざんしんな、派手な。へええ。尼寺にかくしてやはる人の……。」

「また……。」と、太吉郎は笑った。「うちの娘のでっせ。」

「へええ、織りあがったら、お嬢さん、びっくりして、ひっくりかえらはらしまへんか。だいいち、こんなん、おしめやすやろか。」

「じつはな、千重子がクレエの厚い画集を、二冊も三冊もくれたんです。」

「クレエ、クレエて……?」

「なんでも、抽象の先達みたいな画家やそうでんね。やさしいて、品がようて、夢が

あると言うんでっしゃろか、日本の老人の心にも通じましてな、尼寺でくりかえし、くりかえしながめてると、こんな図案ができましたんや。日本の古代ぎれとは、まったく離れてますやろ。」

「そうでんな。」

「どないなもんができるか、いっぺん、大友さんに織ってみてもらおか思うて。」と、まだ、太吉郎の高ぶりはしずまらないようであった。

宗助は太吉郎の下絵を、しばらくながめていた。

「へええ。よろしおすな。色の配合もな……。結構や。佐田はんには、これまでにない新しさやけど、渋おすな。織るの、むずかしおすな。ひとつ心をこめて、試作させてもらいまひょ。お嬢さんの孝心と、親の慈愛が、よう出てますのやろ。」

「おおきに……。このごろは、すぐにアイディアやとかセンスとか言わはりますな。それから、色まで西洋の流行を考えやはってな。」

「そんなん、高級やおへんやろ。」

「わたしはな、西洋の言葉のついたのは、大きらいどす。日本には、王朝のむかしから、なんとも言えん優雅な色がおすやないか。」

「そう、黒言うたかて、いろいろな。」と、宗助はうなずいてから、

「そやけど、今日も考えてましたんや、帯屋さんにも、(いづくら) さんみたいなんがある……。あすこは、西洋建の四階で、近代工業ですわ。西陣もああなっていくんでっしゃろ。一日に帯が五百本もでけて、近いうちに、従業員が経営に参加して、その年齢が平均すると、二十代なんやそうでんな。うちみたいな手機の家内仕事は、二十年、三十年のうちには滅びてしまうのとちがいまっしゃろか。」

「あほなこと……。」

「生き残ったら、まあ (無形文化財) みたいなもんにならしまへんやろか。」

「……………。」

「佐田さんみたいなお人かて、クレエとかなんとか。」

「パウル・クレエいうたかて、尼寺にひっこんで、十日も、半月も、夜ひる考えましたんや。この帯の柄や色、こなれてまへんか。」と、太吉郎は言った。

「ようこなれてます。日本風にみやびやかかや。」と、宗助はあわてて、「さすがは佐田さんやと見とります。ええ帯に織らしてもらいまっさ。型もええうちに出して、ていねいにやらせます。そうや、織るのはわたしより、秀男にやらさしてもらいまひょかな。うちの長男ですけど、ごぞんじでっしゃろな。」

「へえ。」

「秀男の方が、わたしよりも織りはかっちりしとりますさかいに……。」と、宗助は言った。

「まあ、ええように、おまかせしまっさ。うちは問屋いうたかて、地方に出す、ことが多うて。」

「なにを言わはります。」

「この帯は、夏ものやないさかい、秋ですな。早う見とおすけど……。」

「へえ、わかっとります。この帯に合さはる、おきものは？」

「帯の方を、先きに考えてしもて……。」

「問屋さんやから、きものは、ええのをたんとお抜き(ぬ)やして……。そらどっちでもよろしけど、そろそろこれも、お嬢さんの御縁(ごえん)ぐみの御支度(おしたく)のおつもりどすか。」

「いや、いや。」と、太吉郎は自分のことのように赤くなりかかった。

西陣の手織機は、三代つづくのが、むずかしいとも言われている。つまり、手機は工芸のたぐいだからであろう。親がすぐれた織工、いわば技芸の腕(うで)があったとしても、それは子どもに伝わるとは限らない。息子が親の芸のおかげで、怠(なま)けるのではなく、まじめにはげんだとしてもそうである。

しかし、こういうこともある。子供が四つ、五つになると、まず、糸くりをけいこさせられる。そして、十歳か十二歳になると、機子のしこみを受ける。やがて賃機の下うけを出来るようになる。だから、子供の多いことが、家を助け、家を栄えさせることがあったりする。また、六十、七十の老婆だって、自分のうちで、糸くりはできる。祖母と小さい孫娘とで、そのために、向い合っている家もある。

大友宗助のうちでは、老いた妻が一人で、帯糸を巻いている。うつ向きに坐り通しだから、年よりふけて、無口になっている。

三人の息子がある。それぞれの高機で、帯を織っている。高機が三台あるのは、もちろんいい方で、一台しかないうちもあれば、機を借りているうちもある。

長男の秀男は、宗助も言った通り、親にまさる技術が、織元や問屋などにも知られている。

「秀男、秀男。」と、宗助は呼んだが、聞えないようだった。いく台もの機械機とちがって、三台の手機は木製だし、それほどの騒音ではなく、宗助はかなり大きい声のつもりだった。しかし、秀男の機は、庭に近い一番向うで、織るのに一番むずかしい袋帯に、心をそそいでいるせいか、父の声がとどかぬらしい。

「ばあさん、秀男をここへ呼んで来てんか。」と、宗助は妻に言った。

「へえ。」妻は膝をはらって、土間におりた。秀男の機まで行くあいだに、握りこぶしで腰をたたいた。

秀男は筬の手をとめて、こちらを見たが、すぐには立たなかった。つかれているからかもしれない。客とわかっているから、腕をまわして、背のびもしかねるのだろう。顔をぬぐってから来て、

「むさくろしいところへ、ようお越しやす。」と、太吉郎にむっつりあいさつした。仕事が顔にもからだにも残っている風である。

「佐田はんがな、帯の図案をしやはってな、うちで織らしてくれはることになったんや。」と、父は言った。

「そうどすか。」と、秀男はやはり気乗りしない声である。

「だいじな帯やさかい、わしが手がけるより、秀男に織ってもろた方がええやろ。」

「お嬢さん、千重子さんのおみ帯どすか。」と、秀男の白い顔は、はじめて佐田を見た。

京の人としては、息子の無愛想な顔つきを、

「秀男は、朝からの仕事でつかれとりまして……。」と、父の宗助は取りなすように言った。

「…………。」秀男は答えなかった。

「それくらい打ちこまんと、ええお仕事はな……。」と、かえって、太吉郎はなぐさめた。

「つまらん袋帯どすのやけど、頭がまだつかまっとりまして、かんにんしとくれやす。」と、秀男は首だけはさげた。

「よろし。職人はそやないと、あかん。」と、太吉郎は二つうなずいた。

「おもしろないもんでも、うちの織りやと見られますさかい、よけいつらいこってす。」と、秀男はうつむいた。

「秀男。」父は声を改めて、「佐田はんのは、そんなんとはちがう。佐田はんがな、嵯峨の尼寺にこもって、下図をお描きやしたんや。売りものやおまへん。」

「さいですか。へええ、嵯峨の尼寺で……。」

「おがましてもろてみ。」

「へえ。」

太吉郎は秀男の気合に押されて、大友の店へ乗りこんで来た時の勢いは、だいぶくずれていた。

下絵を秀男の前にひろげた。

「…………。」

「あきまへんか。」と、太吉郎は気弱に言った。

「…………。」秀男はだまってながめている。

「あかんのやな。」

「…………。」

息子のがんこな黙(だま)りこみに、

「秀男。」と、宗助はたまりかねて、「お返事せな、御無礼(ごぶれい)やないか。」

「へえ。」と、秀男はやはり顔をあげないで、「わたしも職人やさかい、佐田はんの図案を、拝見させてもろてますのや。ええ加減な仕事とちがうさかいな。千重子さんの帯でっしゃろ。」

「そうや。」と、父はうなずいたものの、ふだんの秀男とちがうのがいぶかしかった。

「あかんのか。」と、ふたたび言う太吉郎の語気も、つい荒(あら)くなった。

「結構どす。」と、秀男は落ちついていた。「あかんとは言うとりまへん。」

「口に出さんかてな、心のなかで……。その眼(め)が言うてる。」

「そうどすか。」

「なんやて……。」と、太吉郎は膝をあげて、秀男の顔をなぐった。秀男はさけなかった。

「なんぼでも、なぐっとくれやす。佐田さんの図案が、つまらんなんて、夢(ゆめ)にも、思うてるのとちがいまっさかい。」

秀男の顔は、なぐられてか、生き生きしてきた。

そして、なぐられた方の秀男が、手をついてあやまった。赤くなった片ほおをおさえもしなかった。

「佐田さん、かんにんしとくれやす。」

「………。」

「お腹立ちまっしゃろけど、この帯はわたしに織らせてほしいのどす。」

「さよか。お頼(たの)みに来たんやもの。」

そして太吉郎は胸をしずめようとした。「こっちもかにしとくれやす。年を取って、これこそ、ほんまにあきまへんわ。なぐった手が痛うて……。」

「わたしの手、お貸ししたら、よろしおしたな。織工の手の皮は、厚うなってまっさかい。」

二人は笑った。

しかし、太吉郎の底には、まだ、こだわりが消えないで、

「人をなぐったりしたの、なん年ぶりでっしゃろな。思い出せんくらいどすわ。――それは、まあ、ゆるしてもろとくとして、わたしの聞きたいのはな、秀男さん、わたしの帯の図案を見やはった時に、なんで、あんなけったいな顔をおしやしたんや。正直に言うてもらえしまへんやろか。」

「へえ。」と、秀男はまた顔を曇らせて、「わたしも若いし、職人なんてもんは、そうはっきりはわかりまへん。嵯峨の尼寺にこもって描いたて、お言いやしたやろ。」

「そうどす。今日も寺へいにます。そうやな、まだ半月ぐらいは……。」

「おやめやす。」と、秀男は強く言った。「おうちへお帰りやす。」

「うちでは落ちつきまへんね。」

「この帯の絵どすけどな、花やかで、派手で、えらい新しいのに、びっくりしましたんや。佐田さんがこんな図案、なんでかかはったんやろか。それで、じっと見てますと……。」

「…………。」

「ぱあっとして、おもしろいけど、あったかい心の調和がない。なんかしらん、荒れて病的や。」

太吉郎は青ざめて、唇がふるえた。言葉が出ない。

「なんぼさびしい尼寺でも、狐やたぬきがいて、佐田さんに、ついたんとはちがいまっしゃろけどな……。」

「ふうん。」と、太吉郎は自分の膝もとに引きよせて、一心に見入った。

「はあ……。ええこと言うとくれやした。お若いのに、えらいもんどすな。おおきに……。もういっぺん、よう考えて、描き直してみまっさ。」と、太吉郎は下図を、あわてて巻いて、ふところにつっこんだ。

「いいえ、これで立派どすし、織り上りは感じがちごうてきますし、絵具と染糸では色も……。」

「おおきに。秀男さんは、この下図を、うちの娘にたいする愛情の色にあたためて、織っとくれやすのか。」と、太吉郎は言ったものの、あいさつもそこそこに、門口を出た。

すぐ、細い小川があった。ほんとうに京都らしい小川である。岸べの草も古い形で、水にかたむいている。岸の白壁は、大友家であろうか。

太吉郎は帯の下図を、ふところのなかで小さくして、小川に捨てた。

御室の花見に、娘をつれて来ないかと、嵯峨から不意の電話で、しげはとまどった。夫と花見に行くことなど、ついぞなかった。

「千重子、千重子。」と、助けをもとめるように、しげは娘を呼んだ。「お父さんからのお電話、ちょっと出て……。」

千重子が来て、母の肩に手をかけながら、電話を聞いた。

「はい、お母さんもつれていきます。仁和寺の前の茶店で、待っててておくれやす。はい、せいぜい早う……。」

千重子は受話器をおくと、母を見て笑った。

「お花見の誘いどすやないの。お母さんにもあきれるわ。」

「なんで、わたしまで誘わはるのどす。」

「御室の桜が、今、まっさかりどすのやて……。」

千重子はためらうような母をうながして店を出た。母はまだ、けげんそうであった。

御室の有明ざくら、八重の桜は、町なかのさくらとしては、おそ咲きで、京の花のなごりであろうか。

仁和寺の山門をはいった、左手の桜の林、（あるいはさくら畑）は、たわわに咲きあふれている。

しかし、太吉郎は、「わあ、こらかなわん。」と言った。

桜林の路に、大きい床几をならべて、飲めや歌えの騒ぎである。狼藉である。田舎のばあさんたちが、陽気に踊っているのもあるが、男が酔って大いびきをかき、床几からころげ落ちるのもある。

「えらいことになってしもてるのやなあ。」と、太吉郎はなさけなそうに立った。三人とも、花のなかへははいっていかなかった。もっとも、御室の桜は、むかしからなじみである。

奥の木立には、花見客のごみを焼く煙が、あがっている。

「どっか、静かなとこへ逃げよ。なあ、しげ。」と、太吉郎は言った。

帰ろうとすると、桜の林の反対の、高い松の木の下の床几で、朝鮮の六七人の女たちが、朝鮮の服で、朝鮮の太鼓をたたいて、朝鮮の踊りを踊っていた。よほど、この方にみやびた風情があった。松のみどりのあいだに、山桜ものぞいていた。

千重子は立ちどまって、朝鮮の踊りをながめたが、

「お父さん、静かなとこがええわ、植物園はどうどっしゃろ。」

「そら、ええかもしれん。御室の桜も、一目見たら、春の義理がすんだようなもんや。」と、太吉郎は山門を出て、車に乗った。

植物園は、この四月から、ふたたび開かれて、京都駅の前からも、新たに植物園行きの電車が、しきりに出るようになっていた。

「植物園もえらい人やったら、加茂の岸を少し歩くのやな。」と、太吉郎はしげに言った。


若みどりの町を、車は行った。新建ちの家よりも、古色じみた家の方で、若葉は生き生きと見える。

植物園は門の前の並木道から、ひろびろと明るかった。左は加茂の川づつみである。

しげは入園券を、帯のあいだにはさんだ。ひらけるながめに、胸もひろがるようだった。問屋町では、山も端くれしか見えない。まして、しげは店の前の道へ、出ることも少いのだった。

植物園にはいると、正面の噴水のまわりに、チュウリップが咲いていた。

「京都ばなれした景色どすな。さすがに、アメリカさんが、家を建ててはったはずや。」と、しげは言った。

「そら、もっと奥の方やったんやろ。」と、太吉郎は答えた。

噴水に近づくと、そう春風もないのに、こまかいしぶきが散っていた。噴水の左向うには、円い鉄骨のがらす屋根の、かなり大きい温室が、つくられていた。三人はがらすごしに、熱帯植物の群れをのぞいただけで、なかにははいらなかった。短い時間の散歩なのである。道の右には、大きいひまらや杉(すぎ)が、芽ぶいていた。下枝は地にひろがっている。針葉樹だが、その新芽のやわらかいみどりは、およそ「針」などという言葉を思わせない。から松とちがって、落葉樹ではないけれども、もしそうであれば、やはり夢のような芽ぶきであろうか。

「大友さんとこの息子(むすこ)さんには、やられたなあ。」と、太吉郎はなんのつなぎもなしに言った。

「お父さんより、仕事もえらいのやけど、眼も鋭(するど)うて、奥まで見抜(みぬ)かはるわ。」

太吉郎のひとりごとで、もちろん、しげにも千重子にも、なにかよくわからない。

「秀男さんに、お会いやしたんか。」と、千重子は聞き、

「ええ織手やそうどすな。」と、しげは言うばかりである。太吉郎は常から、くわしく問いかえされることがきらいである。

噴水の右を進んで、つきあたると、左へ行けば、子どもの遊び場などらしい。おおぜいの声が聞えて、芝生に小さい荷物が、多くまとめてあった。

太吉郎らの三人は、木かげを右へ折れた。思いがけなく、チュウリップの畑におりた。千重子は声をあげたほど、みごとな花盛りであった。赤、黄、白、黒つばきの色のような濃い紫、しかも大輪が、それぞれの畑に咲き満ち、

「ふうん、これでは、新しいきものに、チュウリップをつかうはずやな。あほなと思うてたけど……。」と、太吉郎もため息をついた。

ひまらや杉の若芽の下枝が、孔雀の尾をひろげたようだとするなら、ここに咲き満ちる、いく色ものチュウリップは、なににたとえたものだろうかと、太吉郎はながめつづけた。花々の色は、空気を染め、からだのなかまで映るようであった。

しげは夫を少し離れて、娘の千重子にばかり寄りそっていた。千重子はおかしいのだが、そんな顔はしなかった。

「お母さん、白いチュウリップ畑の前のお人たち、お見合らしいわ。」と、千重子の方が母にささやいた。

「へええ、そうやろな。」

「見んとおきやす、お母さん。」と、母は娘に袖を引かれた。

チュウリップ畑の前には、泉水があって、鯉がいた。

太吉郎は腰かけから立ちあがって、チュウリップの花を、真近に見て歩いた。身をかがめて、花のなかまで、のぞきこんだ。二人の前にもどって来て、

「西洋花はあざやかでも、あきてしまうわ。お父さんはやっぱり、竹林の方がええな。」

しげと千重子も立ちあがった。

チュウリップ畑は、木立にかこまれた、くぼ地だった。

「千重子、植物園は西洋庭園風なんか。」と、父は娘に聞いた。

「さあ、よう知らんけど、ちょっとは、そうどっしゃろな。」と、千重子は答えたが、

「お母さんのために、もうちょっといておあげやしたら。」

花のあいだを、また、しかたなさそうに歩き出した太吉郎は、

「佐田はん……？　やっぱり、佐田はんや。」と、呼ばれた。

「ああ、大友はん。秀男さんもごいっしょどすな。」と、太吉郎は、「思いがけんとこで……。」

「いやあ、わたしの方こそ思いがけんことで……。」と、宗助は深く腰をかがめた。

「わたしは、ここの楠の並木道が好きで、園の再開を待っとりました。樹齢は五六十年の楠どすやろけど、ゆっくりゆっくり通って来ました。」と、宗助はまた頭をさげて、「先日は、息子がえらい御無礼なことを……。」

「若い人はよろしおす。」

「嵯峨から、おこしやしたのか。」

「へえ、嵯峨からどすけど、しげと千重子はうちから……。」

宗助は、しげと千重子に近づいて行って、あいさつをした。

「秀男さん、このチュウリップはどうや。」と、太吉郎はいくらかきびしく言った。

「花は生きとります。」と、秀男はまたまた、ぶっきらぼうだった。

「生きてるて？　そら、たしかに、生きてる。そやけど、わたしはもう少々、あきが来たところどす、あんまりいっぱいの花に……。」と、太吉郎はそっぽを向いた。


花は生きている。短い命だが、明らかに生きる。来る年には、つぼみをつけて開く。

――この自然が生きてるように……。


太吉郎はまたしても、秀男にいやな刺されようをしたのだ。

「こっちの目が、いたらんのや。チュウリップの模様の、着尺や帯など、わたしは好かんけど、えらい画家が描かはったら、チュウリップかて、まあ永遠の生命のある絵になりまっしゃろ。」と、太吉郎は横を向いたまま言った。「古代ぎれかて、そうや。この古い都の京より、古いのはありまっせ。そんな美しいのは、もう、だれもようつくらしまへんやろ。模写するだけどす。」

「…………。」

「生きてる木にしても、この京より古い老樹があんのと、ちがいますか。」

「そないむつかしいこと、言うたんやおへん。毎日ばったばったの機織りは、高尚なこと考えてしまへん。」と、秀男は頭をさげた。「けど、たとえばどすな、お嬢さんの千重子さんが、中宮寺や広隆寺の弥勒さんの前に立たはったかて、お嬢さんの方が、なんぼお美しかしれまへん。」

「千重子に聞かして、よろこばしてやりますか。もったいないたとえやけど……。秀男さん、娘はすぐにばばあになりよりまっせ。そら、早いもんどす。」と、太吉郎は言った。

「そやさかい、チュウリップの花は生きてるて、わたし言うたんどす。」と、秀男は声に力がはいって、「ほんの短い花どきだけ、いのちいっぱい咲いてるやおへんか。今、その時どっしゃろ。」

「そら、そうや。」と、太吉郎は秀男に向き直った。

「わたしかて、孫子の代までしめやはる、帯を織らしてもろてるとは、思わしまへんね。今では……。一年でも、しゃんとしめ心地のええように、織らしてもろてるのどす。」

「ええ心がけや。」と、太吉郎はうなずいた。

「しょがおへん。竜村さんなんかと、ちがいまっさかい。」

「……………。」

「チュウリップの花が、生きてる言うたのは、そんな気持からどした。今が盛りやけど、散ってる花びらが、二つや、三つは、ありまっしゃろ。」

「そうどすな。」

「落花いうたかて、さくらの花吹雪なんかやと、おもむきもおすけど、チュウリップはどうどっしゃろ。」

「花びらが落ちて散らばったとこな……？」と、太吉郎は言って、「ただ、わたしは、あんまり多いチュウリップの花に、少々あきたんどす。色があざやか過ぎて、味がないみたいな……。年を取ったんやな。」

「いきまひょ。」と、秀男は、太吉郎をうながして、「うちへ来る帯の、チュウリップの型紙なんぞは、生きたチュウリップやあらへん。目を明かしてもろた。」

太吉郎たち五人は、くぼ地のチュウリップ畑から、石段をあがって行った。

石段の横は、生垣（いけがき）というよりも、霧島（きりしま）つつじの群れが、堤（つつみ）のように、ふくらみあがっていた。今は花の時ではないが、そのこまかい若葉の盛りあがりは、咲きさかるチュウリップの花々の色を、引き立てていたのであった。

上がった右は、広くひらけ、ぼたん園と、しゃくやく園であった。これらも花はまだない。そして、新しくつくったのか、ややなじまぬ花園であった。

しかし、その東に比叡山（ひえいざん）がのぞめる。

叡山、東山、北山は、植物園のほとんどいたるところでながめられるのだが、しゃくやく園の東の叡山は、正面のようであった。

「比叡山は、濃いかすみのせいか、なんやら、低う見えるようやおへんか。」と、宗助は太吉郎に言った。

「春がすみで、やさしいて……。」と、太吉郎はしばらくながめていて、「そやけど大友はん、あのかすみに、ゆく春を、お思いやさしまへんか。」

「そうどすな？」

「あない濃いかすみやと、かえって……。春もそろそろ終りどすな。」

「そうどすな。」と、宗助はまた言った。「早いもんや。うちは花見にも、よういきまへなんだ。」

「めずらしいこともあらしまへんしな。」

二人はしばらくだまって歩いてから、

「大友はん、あんたのお好きやいう、楠の並木を通って、帰りまひょか。」と、太吉郎は言った。

「へえ、おおきに。わたしは、あの並木を歩いたら、それでよろしいのどす。来るときも、くぐって来ましたんやけど……。」と、宗助は千重子を振りかえって、「お嬢さん、つきおうとくれやすな。」

楠の並木は、木ずえで、左と右の木が枝を交わしていた。その木ずえの若葉は、まだ、やわらかく薄赤かった。風がないのに、かすかにゆれているところもあった。

五人はほとんどものを言わないで、ゆっくり歩いた。めいめいの思いが、木かげでわいてきた。

太吉郎は秀男が、奈良、京都で、もっともみやびた仏像を、娘にたとえて、千重子の方が美しいなどと言ったことが、頭にひっかかっていた。秀男はそれほど、千重子にひかれているのだろうか。

「でも……。」

千重子は秀男と結婚したとして、大友の機場のどこにいられるだろう。秀男の母のように、朝から夜まで、糸巻きをまわしているのか。

太吉郎がふりかえると、千重子は秀男に話しこまれて、ときどき、うなずいていた。

「結婚」といっても、千重子が大友家へゆくとはかぎらない。秀男を佐田家の養子に迎えることもあろう。太吉郎はそう思った。

千重子は一人娘である。もし、出すとすれば、母のしげが、どんなにかなしむか。

秀男だって、大友の長男である。父の宗助は、自分よりも腕がたしかだと言っている。しかし、二男、三男もある。

また、㊉は商売も傾いて来て、店のなかの古い形も直せないほどだが、とにかく、中京の問屋である。手機三台の織屋とはちがう。雇い人の一人もいない、家族だけの手仕事など、知れたものだろう。それは、秀男の母のあさ子の姿にも、粗末な台所にもあらわれている。たとえ、秀男が長男でも、話しようでは、千重子の養子にくれるかもしれないではないか。

「秀男さんは、えらいしっかりしといやすな。」と、太吉郎は宗助に言ってみた。「お若いのに頼(たの)もしいことどすな、ほんまに……。」

「へえ、おおきに。」と、宗助はなにげなく、「まあ、仕事だけはな、精出しよりますけど、人さまの前に出したら、御無礼ばっかりで……。あぶないもんどすわ。」

「それがよろし。わたしはこないだから、秀男さんにしかられ通しで……。」と、太吉郎はむしろ楽しそうに言った。

「ほんまに、かにしてやっとくれやす。あんなやつでっさかい。」と、宗助は軽く頭をさげて、「親の言うことかて、納得(なっとく)せんと、聞きよらしまへん。」

「それがよろし。」と、太吉郎はうなずいて、「今日はまた、なんで、秀男さんだけおつれやしたんどす。」

「弟もつれてきたら、うちの機がとまってしまいますやないか。それに、あれは気が強いさかい、わたしの好きな、楠の並木を歩かせてみたら、ちっとはやさしなるやろかと思うたんどすけど……。」

「ええ並木道どすな。じつはな、大友はん、わたしがしげや千重子を、植物園へつれて来たのも、秀男さんのやさしい、まあ、忠告からどっせ。」

「へええ？」と、宗助はけげんそうに、太吉郎の顔を見つめて、「お嬢さんのお顔を見とうなりやしたんどすやろ。」

「いえ、いえ。」と、太吉郎はあわてて打ち消した。

宗助はうしろを振り向いた。ややおくれて、秀男と千重子が歩き、しげはまたおくれていた。

植物園の門を出ると、太吉郎は宗助に、

「この車、使うとくれやす。西陣はすぐやさかい。わたしたちは、そのあいだ、加茂の堤を、ちょっと歩いて来まっさ……。」

宗助がためらうのを、

「いただいて行きまひょ。」と、秀男は父を先きに乗せた。

佐田一家が車を見送るように立っていると、宗助は席から腰を浮かせて、おじぎをしたが、秀男は頭をさげたかさげぬか、わからぬほどであった。

「おもしろい息子はんや。」と、太吉郎は秀男の顔をなぐったことまで思い出されて、笑いをこらえながら、「千重子、あの秀男さんと、あんなによう話がでけたもんや。若い娘には、弱いのかいな。」

千重子の目ははにかんで、「楠の並木道で……？　あたしは聞いてただけどす。なんで、あない、しゃべってくれはりましたんやろ。あたしなんかに、勢いづいて……。」

「そら、千重子が好きやさかいやないか。それくらいのこと、わからへんのか。中宮寺や広隆寺の弥勒さんより、お嬢さんの方が美しい言わはったで……。お父さんもびっくりしたけど、あのへんくつが、えらいこと言うた。」

「…………。」千重子もおどろいた。首の根まで薄赤らんだ。

「なんの話してたんや。」と、父はたずねた。

「西陣の手機の運命の話どしたやろか。」

「運命？　へええ？」と、父は考えこむようなので、

「運命いうたら、話がむずかしいようどすけど、まあ、運命……。」と、娘は答えた。

植物園を出た、右の加茂川の堤は、松の並木だった。松のあいだから、太吉郎は先きに立って、川原へおりた。川原と言っても、若草の細長い原のようである。せきを落ちる水音が、にわかに聞える。

若草に腰をおろして、弁当をひらいている、年よりの群れもあれば、つれ立って歩く、若い男女もある。

向う岸も、上の車の道の下に、遊歩場がある。まばらな葉桜の向うに、愛宕山をまんなかにして、西山がつらなっている。川上に北山が近いようである。このあたりは風致地区である。

「腰をおろしまひょか。」と、しげが言った。

川の草原に、少し友禅を干しているのが、北大路橋の下からのぞけた。

「ええ、春どすな。」と、しばらく見まわしているしげに、

「しげ、あの、秀男さんいうのは、どうやろ。」と、太吉郎が言った。

「どうやろて、どういうことどす。」

「うちの養子に……?」

「ええ? 急にそんなことお言いやしたかて……。」

「しっかりしてるやろ。」

「そうどすけど、そら、千重子に聞いとくれやす。」

「千重子は、前から、絶対服従や言うてるで。」と、太吉郎は千重子を見た。「なあ、千重子。」

「そんなことに、押しつけはいきまへん。」と、しげも千重子を見た。

千重子はうつ向いた。水木真一のおもかげが、浮んで来た。幼い真一であった。眉

を描き、口紅をつけ、化粧して、王朝風の装束をつけ、祇園祭の長刀鉾に乗った、真一の稚児姿であった。――もちろん、その時、千重子も幼かった。

北山杉

平安王朝のむかしから、京都では、山といえば比叡山、祭りといえば加茂の祭りであったらしい。

五月十五日の、その葵祭もすぎた。

葵祭の勅使の列に、斎王の列が加えられるようになったのは、昭和三十一年からである。斎院にこもる前に、加茂川で身をきよめる、古式を生かしたものであるが、輿に乗った、小袿すがたの命婦を先きに、女嬬、童女らをしたがえ、伶人に楽を奏させ、斎王は十二ひとえの姿で、牛車に乗って渡る。その装いのせいの上に、斎王は女子大学生ぐらいの年ごろであるから、みやびたうちにも花やかである。

千重子の学校友だちにも、この斎王にえらばれた娘はあった。その時は、千重子たちも加茂の堤へ、行列を見に行った。

古社寺の多い京では、ほとんど毎日のように、どこかで、大きい小さいの祭りがあると言っていいかもしれない。祭りごよみをながめていると、五月はいつもなにかあるのかと思えるほどだ。

献茶（けんちゃ）、茶室、野立て、釜（かま）もどこかでかかっていて、まわりきれないほどだ。

しかし、この五月は、千重子は葵祭さえ見のがしてしまった。雨の多い五月だからでもあった。幼い時から、いろいろと連れられて行ったせいもあった。

花も花だが、千重子は若葉、新緑を見に行くのも好きであった。高雄（たかお）あたりのもみじ若葉は、むろんのこと、若王子（にゃくおうじ）へんも好きであった。

宇治（うじ）から新茶をもらって、それを入れて、

「お母さん、今年は、茶つみを見にゆくのも、うっかりしてましたな。」と、千重子は言った。

「お茶なら、まだつんではるやろ。」と、母は言った。

「そうどっしゃろな。」

あの時の植物園の楠（くすのき）の並木（なみき）も、芽立ちの花のような美しさには、少しおくれていたのだったろう。

友だちの真砂子からの電話で、

「千重子さん、高雄のもみじの若葉、見においきいしまへんか。」と、誘（さそ）われた。「紅葉のころよりは、人も少いし……。」

「おそいことないの？」

「町なかより寒いし、まだ、ええと思うけど。」

「ふん。」と、千重子は少し言葉を切って、「あのな、平安神宮の桜（さくら）のあとで、周山（しゅうざん）の桜を見に行ったらよかったのに、ころっと忘れてたんえ。あの古木……。桜はもうあかんけど、北山杉が見たいわ。高雄から近おすやろ。北山杉のまっすぐに、きれいに立ってるのをながめると、うちは心が、すうっとする。杉まで行っとくれやすか。もみじより、北山杉が見とうなったわ。」

　高雄の神護寺（じんごじ）、槇尾（まきのお）の西明寺（さいみょうじ）、栂尾（とがのお）の高山寺（こうざんじ）の、もみじの青葉も、千重子と真砂子は、ここまで来れば、やはり見てゆくことになった。

　神護寺も高山寺も、急なのぼりである。もう初夏らしく軽い洋装（ようそう）に、かがとの低い靴（くつ）の真砂子はいいが、きものの千重子はどうかしらと、真砂子は千重子をうかがった。しかし、千重子は苦にしている風はなくて言った。

「なんでそない、うちを見やはんの。」

「きれいやなあ。」

「きれいやなあ。」と、千重子は立ちどまって、清滝川（きよたきがわ）の方を見おろしながら、「みどりがもっと、むんむんするか思うてたけど、すずしいやないの。」

「うち……。」と、真砂子は笑いをかむように、「千重子さん、うちはな、千重子さんのことを言うてるのえ。」

「…………。」

「どうして、こないきれいなお子が、生れて来やはるのやろ。」

「いややわ。」

「地味なきものが、みどりのなかで、千重子さんのきれいさを、よう引き立ててる。派手なん着やはったら、それもまた、あざやかやろけど……。」

ややくすんだ紫のお召を、千重子は着ているのだった。帯は、父が惜しげなく切ってくれた、さらさでである。

千重子は石段をのぼった。――神護寺にある、平重盛と源頼朝の肖像画、アンドレ・マルロオが世界の名画とする肖像画、その重盛のほおかどこかに、かすかに残る赤を思い出していた時に、真砂子の言葉なのだった。しかも、千重子は前にも真砂子から、おなじようなことを、いくどか聞かせられている。

高山寺では、石水院の広縁から、向いの山の姿をながめるのが、千重子は好きであった。開祖、明恵上人の樹上坐禅の肖像画も好きであった。床の脇に、「鳥獣戯画」

の絵巻の複製が、ひろげてあった。二人はここの縁で、茶の接待を受けた。

真砂子は高山寺より奥へ行ったことがない。ここがまあ、観光客のとまりである。

千重子は父につれられて、周山まで花見に行き、つくしをつんで帰った、思い出もある。つくしは太くて長かった。そして、高雄まで来れば、一人でも、北山杉の村まで行く。――今は市に合併されて、北区中川北山町だが、百二三十戸だから、村という方が、ふさわしいようだ。

「うちはいつも歩くさかい、歩いて。」と、千重子は言った。「こないええ道やし。」

清滝川の岸に、急な山が迫って来る。やがて美しい杉林がながめられる。じつに真直ぐにそろって立った杉で、人の心こめた手入れが、一目でわかる。銘木の北山丸太は、この村でしか出来ない。

三時の休みか、草の下がりをしていたらしい、女達が杉山からおりて来た。

真砂子は立ちすくむように、娘の一人を見つめて、

「千重子さん、あのひと、よう似てる。千重子さんにそっくりやないの?」

その娘は、紺がすりの筒袖に、たすきをかけ、もんぺをはき、前だれをしめ、手甲をはめ、そして、手ぬぐいをかぶっていた。前だれは、うしろまでまわって、脇に割

れ目がついていた。赤がかった色は、たすきと、もんぺからのぞく細帯だけである。ほかの娘たちも同じ恰好(かっこう)である。

大原女(おはらめ)とか、白川女(しらかわめ)とかに、だいたい似た、ひな姿だが、これは町なかへもの売りに出るためのものではなくて、ただ、山の働き着である。日本の野や山に働く女の姿であろう。

「ほんまに似てる。ふしぎや思わへんの、千重子さん、よう見とおみやす。」と、真砂子はくりかえした。

「そう？」千重子はよくもながめないで、「あんた、あわてもんやさかいな。」

「なんぼあわてもんかて、あないきれいなひと……。」

「きれいはきれいやけど……。」

「千重子さんの落し子みたいやわ。」

「ほら、そんなあわてもんや。」と言われて、真砂子は自分のとっぴな失言に、笑い声の出そうな口をおさえたが、「他人のそら似いうことあるけど、こわいほどやわ。」

その娘も、つれの娘たちも、千重子たち二人を、ほとんど気にしないで、通り過ぎて行った。

その娘は、深めに手ぬぐいをかぶっていた。前髪(まえがみ)がちらっとはのぞいていたが、ほおは半ばかくれるほどであった。真砂子の言うように、顔がよく見えたわけではない。向い合ったわけでもない。

それに千重子は、いくどかこの村へ来て、男たちが杉丸太の皮の荒むきをしたあとで、さらに女たちが、ていねいに小むきするところや、菩提の滝の砂を、水または湯でやわらげて、丸太をみがくところも見ているので、娘たちの顔も、おぼろげに知っているように思っている。それらの加工の仕事は、道ばたや戸外で行われるからである。小さい山村に、それほど多く娘もいまい。しかし、娘たちの顔を、ひとりひとり、そう念入りにながめるわけは、もちろんなかった。

真砂子も女たちのうしろ姿を見送ると、少し落ちついたが、

「ふしぎやなあ。」と、まだくりかえした。そしてこんどは、千重子の顔をあらためるように見て、首をかしげた。

「やっぱり、似てる。」

「どこが似てるの。」と、千重子はたずねた。

「そうやなあ。感じやろか。どこが似てるて、言いにくいもんやけど、目や鼻……。中京のお嬢さんと、この山のなかの娘さんとでは、ちがうのんがあたりまえやし、かんにんえ。」

「そんなこと……。」

「千重子さん、あの娘さんのあとつけて、うちへのぞきに行ったら、いかんやろか。」

と、真砂子は心残りそうに言った。

その娘の家まで、のぞきに行ったらなどとは、いくら陽気な真砂子でも、口だけであろう。しかし、千重子は立ちどまるほどに、歩みをゆるめて、杉山を見あげたり、家々に立てならべた杉丸太を、ながめたりした。

白杉の丸太は、太さもほぼそろい、みがかれていて美しい。

「工芸品みたいやろ。」と、千重子は言った。「数寄屋普請（すきやぶしん）にも使わはるらしい。東京や九州まで出てゆくのやて……。」

丸太は軒端（のきば）近くに、きちんと一列に、立てならべてある。二階にも、立てならべてある。一つの家では、二階の丸太の列の前に、肌着（はだぎ）などの干してあるのを、真砂子はものめずらしく見て、

「おうちのかた、丸太の行列のなかに、住んどいやすのやな。」

「あわてもんやな、ほんまに真砂子さん……。」と、千重子は笑って、「丸太小屋のつづきに、立派な住居（すまい）があるやないの。」

「ああ。二階に洗濯ものが、干したあるさかい……。」

「あの娘さんが、うちに似てるいうのんも、真砂子さんのその口やわ。」

「それとこれはちがうて。」と、真砂子はまじめになって、「あのひとに似てる言われたら、そない心外やの？」

「心外てこと、ちっともあらへんけど……。」と、千重子は言ったとたんに、まったく思いがけなく、あの娘の目が浮んで来た。働くすこやかな姿のなかの一点、濃いような、深いような、目に沈んだ、うれいである。

「この村の女のひとは、それはよう働かはるの。」と、千重子はなにかのがれるように言った。

「女が男といっしょに働かはんの、なにもめずらしいことやあらへん。お百姓かて、そうやろ。八百屋さんかて、おさかな屋さんかて……。」と、真砂子は気軽に、

「千重子さんみたいなお嬢さんは、なんでも感心しやはるけど。」

「うちかて、これで働いてるつもりや。あんたのことやんか、それ。」

「はあ、うちは働いてしまへん。」と、真砂子はあっさりしたものだ。

「働くて、一口に言うたかて、この村の娘さんの働いてるとこを、真砂子さんに見せてあげたいわ。」と、千重子はまた杉山に目をやって、「もう、枝打ちもはじまってん

のどっしゃろな。」

「枝打ちって、なにえ。」

「ええ杉にするために、いらん枝をなたで払(はら)い落さはんの。梯子(はしご)を使わはることもあるらしいけど、お猿(さる)みたいに、杉の木末(こずえ)から木末へ飛び移って……。」

「あぶない。」

「朝のぼったら、おひる御飯まで、下へおりて来ん人もいやはるて……。」

真砂子も杉山を見あげた。真直ぐに立ちそろった幹が、いかにもきれいである。木末に残した葉むらも、細工もののようである。

山は高くも、そう深くもない。山のいただきにも、ととのって立ちならぶ、杉の幹の一本一本が、見上げられるほどである。数寄屋普請に使われる杉だから、その林相も数寄屋風ながめと言えるだろうか。

ただ、清滝川の両岸の山は急で、狭(せま)く谷に落ちている。雨の量が多くて、日のさすことの少いのが、杉丸太の銘木が育つ、一つの原因ともいう。風も自然にふせげているのだろう。強い風にあたると、新しい年輪のなかのやわらかみから、杉がまがったり、ゆがんだりするらしい。

村の家々は、山のすそ、川の岸に、まあ一列にならんでいるだけのようだ。

千重子と真砂子とは、小さい村の奥はずれまで歩いて、引きかえした。

丸太をみがいている家があった。水にひたした丸太をあげて、菩提の砂で、女たちがていねいにみがいている。樺色(かばいろ)の粘土(ねんど)のように見える砂で、菩提の滝の下から取ってくるのだそうである。

「その砂がないようになったら、どうおしやすの。」と、真砂子はたずねた。

「雨が降ると、滝の水といっしょに落ちて来て、下にたまりまんね。」と、年かさの女が答えた。のんきな話だと、真砂子は思った。

しかし、千重子の言ったように、女たちはじっさい、せっせと手を動かしていた。五六寸の丸太だから、柱などに使うのだろうか。

――みがきあげたのを、水洗いして乾(かわ)かす。そして、紙を巻いたり、あるいはわらでつつんで、出荷(しゅっか)するのだという。

清滝川の石原にまで、杉の植わっているところもあった。

山に立ちそろう杉や、軒端に立てならべた杉から、真砂子は京の古い家の、ほこりのない、べんがら格子(ごうし)が浮んで来たりした。

村の入り口に、菩提道という、国鉄バスの停留所があった。その上に、滝があるのだろう。

二人はそこから、帰りのバスに乗った。しばらくだまっていたあとで、真砂子はぽつんと言った。

「人間の娘も、あの杉みたいに、真直ぐに育つとええかしらん。」

「…………。」

「うちら、あないいつくしんで、手入れしてもらわへんなんだけどな。」

千重子は笑い出しそうで、

「真砂子さん、会うてるのん。」

「ふん。会うてる。加茂川の水ぎわの青草にすわって……。」

「…………。」

「木屋町の床も、だいぶお客さんがふえて、灯がついて来たえ。そやけど、うちら、うしろ向きやさかい、床の人には、だれやらわからへんの。」

「今夜は……?」

「今夜も、七時半の約束。まだ、ほの明るいけど。」

千重子はその自由が、うらやましいようであった。

千重子たち、親子三人は、中庭にのぞむ、奥の座敷で、夕食に向っていた。

「今日は、島村はんから、瓢正の笹巻きずしを、たんといただきましたさかい、うちでは、おつゆだけで、かにしてもらいました。」と、母は父に言った。

「そうか。」

鯛の笹巻きずしは、父の好物である。

「かんじんの料理がかりの帰りが、少しおそおしたし……。」と、母は千重子のことを、「また、北山杉を見にいって来たんどす、真砂子さんと……。」

「ふうん。」

伊万里の皿に、笹巻きずしが盛りあげてある。三角形につつんだ、笹をむくと、薄切りの鯛がのっている。椀は湯葉がおもで、少し椎たけがはいっていた。

表のべんがら格子のように、太吉郎の店にも、京の問屋風はまだ残ってはいるが、今は会社になって、番頭、小僧も社員で、たいていは通いに変った。近江から来た小僧が、二三人、表のむしこ窓の二階に、住みこみでいるだけで、夕飯どきの奥は静かである。

「千重子は、北山杉の村へいくのが好きやな。」と、母は言った。「なんでどす。」

「杉がみな、真直ぐに、きれいに立って、人間の心もあんな風やったら、ええなと思うのどっしゃろか。」

「そんなん、千重子とおんなじやないの。」と、母は言った。

「いいえ、まがったり、くねったり……。」

「そら、そうやな。」と、父が口を入れた。「なんぼ素直な人間かて、いろいろ考えるもんや。」

「…………。」

「それでええのやないか。北山杉みたいな子は、そらもう可愛いけど、いやへんし、いたとしたら、なんかの時に、えらいめにあわされるのとちがうやろか。木かて、まがっても、くねっても、大きなったらええと、お父さんは思うけど……。こない狭い庭の、あのもみじの老木を見てみ。」

「千重子みたいなええ子に、なにお言いやす。」と、母は少し気色ばんだ。

「わかってる、わかってる、千重子が真直ぐな娘なのは……。」

千重子は中庭に顔を向けて、しばらくだまっていたが、

「そのもみじみたいな強さ、千重子には……。」と、声にかなしみがふくまれて、「もみじの幹のくぼみに生えてる、すみれくらいのもんどすやろ。あ、すみれの花が、いつのまにや、なくなってしもた。」

「ほんに……。来年の春は、きっとまた咲きまっせ。」と、母は言った。

うつ向いた千重子の目は、もみじの根かたの、キリシタン灯籠にとまった。うちからの明りでは、朽ちた聖像はよく見えなかったが、なにか祈りたいようだった。

「お母さん、千重子はほんまは、どこで生れたんどす。」

母は父と顔を見合せた。

「祇園さんの桜の花の下でや。」と、太吉郎はきっぱり言った。

祇園さんの夜桜の下で生れたなんて、「竹取物語」のかぐや姫が、竹のふしとふしとのあいだに、はいっていたという、おとぎ話と似たものではないか。

それだから、かえって父は、きっぱりと言ったのだ。

花の下で生れたのなら、かぐや姫のように、月から迎えがくだって来るかもしれないと、千重子は軽いじょうだんを思いついたが、口には出せなかった。

捨子にしろ、さらわれ子にしろ、千重子がどこで生れたか、父も母も知らないのだ。千重子の実の親も知らないのだろう。

千重子は悪いことを聞いたと悔んだ。しかし、あやまらない方が、よさそうである。それなら、なぜ、不意に聞いたりしたのか。自分にも、よくわからないけれども、北山杉の村の一人娘が、千重子と瓜二つだと、真砂子に言われたのを、ぼんやり思い出していたせいか……。

千重子は目のやり場に困って、もみじの大木の上をながめた。月が出ているのか、盛り場の明りが映っているのか、夜空は薄白んでいた。

「夏らしい空の色になって来たな。」と、母のしげも見あげて、「なあ、千重子、千重子はこのうちで生れたんや。お母さんが産んだんやないけどな、このうちで生れたんや。」

「はい。」と、千重子はうなずいた。

――千重子が清水寺で、真一にも言った通りに、千重子は夜桜の円山から、しげ夫婦にさらわれて来た、赤んぼではなかった。店の門口に、捨てられていた子であった。抱いてはいったのは、太吉郎であった。

二十年も前のことで、太吉郎も三十代だから、かなり遊んでいた。妻は夫の話を、すぐには信じかねた。

「うまいことお言いやして……。芸妓はんにでも産まさはった子を、つれといでやしたんやろ。」

「あほ言いな。」と、太吉郎は色をなして、

「この子に着せてるものを、よう見てみ。これが、芸妓の子か。ええ、芸妓なんかの子か。」と、妻の方へ突(つ)き出した。

しげは赤子を受け取った。赤子の冷えたほおに、自分のほおをつけた。

「この子を、どうおしやすのどす。」

「奥でゆっくり相談しよ。なに、ぼんやりしてんのや。」

「生れたばっかりどすな。」

親がわからぬから、養女とは出来ないで、戸籍(こせき)には、太吉郎夫婦の嫡女(ちゃくじょ)ととどけられた。千重子と名づけられた。

子供をもらうと、誘(さそ)われてか、実子が生れるとも、俗に言われるが、しげは出来なかった。そして、千重子は一人子として、育てられ、愛されて来た。どんな親が捨てたのか、太吉郎夫婦も気に病(や)まなくなったほどの、年月が流れた。千重子の生みの親の生死も、もうわからない。

――その夕食の後片づけは、かんたんであった。笹巻きずしの笹をかたづけ、汁(しる)の椀をしまつするだけである。千重子一人でした。

それから、千重子は奥二階の自分の寝部屋(ねべや)へこもって、父が嵯峨(さが)の尼寺(あまでら)へ持って行っていた、パウル・クレエの画集、シャガアルの画集などをながめた。眠(ねむ)りについて、

まもなく、

「ああっ、ああっ。」という、悪夢にうなされる声で、千重子は目をさました。

「千重子、千重子。」と、隣りの間から、母が呼んで、千重子の答えぬうちに、ふすまがあいた。

「うなされてたやろ。」と、母ははいって来て、「夢……？」

そして、千重子のそばに坐ると、枕もとの明りをつけた。

千重子は寝床に坐った。

「いやあ。えらい汗。」と、母は千重子の鏡台から、ガアゼの手ぬぐいを取って来て、千重子の額をふき、胸もとをふいた。千重子は母にまかせていた。なんときれいに白い胸だろうと、母は思いながら、

「へえ、わきの下……。」と、千重子に手ぬぐいを渡した。

「おおきに、お母さん。」

「こわい夢やったん？」

「はい。高いところから落ちる夢……。こわいほど青いなかを、すうっと落ちていって、底があらへんのどす。」

「だれかて、よう見る夢どっせ。」と、母は言った。「落ちていく底があらへん。」

「…………。」

「千重子、かぜひくといかんえ。寝間着(ねまき)、お着かえやす？」

千重子はうなずいたが、まだ、胸がしずまっていなかった。立ちあがろうとすると、足が少しよろめいた。

「ええ、ええ、お母さんが出して来たげる。」

千重子は坐ったまま、つつましく器用に、寝間着を替(か)えた。前のを袖(そで)だたみにしかけると、

「たたまんかて、よろしやろ。洗わんならんさかい。」と、母はそれを取って、隅(すみ)の衣桁(いこう)へ投げかけた。そしてまた、千重子の枕もとへ坐って、

「そんな夢ぐらいで……。千重子、熱があるのとちがうか。」と、娘の額に、手のひらをおいた。むしろ、冷たかった。

「ふうん。北山杉の村までいって、つかれたんちがうか。」

「…………。」

「頼(たよ)りない顔やな。お母さんもこっちへ来て、寝(ね)たげよか。」と、母は床を運んで来そうである。

「おおきに……。もう、しゃんとしましたさかい、安心して、やすんどくれやす。」

「そうか。」と言いながら、母は千重子の床のはしへもぐってきた。千重子は身を片寄せた。

「千重子、こない大きゅうなってしもて、もうお母さんには、抱いて寝られしまへんな。なんや、おかしいやろ。」

しかし、母の方が先きに、安らかに眠ってしまった。千重子は母の肩(かた)などの寒くないように、手でさぐってから、明りを消した。千重子は眠れなかった。

千重子が見た夢は、長いものであった。母に話したのは、その終りに過ぎなかったのだ。

はじめは、夢というよりも、うつつとのあいだで、むしろ楽しく、真砂子と今日、北山杉の村へ行ったことを思い出していたのだ。真砂子が千重子に似ていると言った娘も、あの村でよりも、ふしぎに考えられ出して来るのだった。

そして、夢の終りに、青いなかを落ちていった、その青も、心に残る杉山なのかもしれなかった。

鞍馬(くらま)寺(でら)の竹伐(たけき)り会(え)は、太吉郎が好きな行事である。男らしくもあるからだ。

太吉郎にとっては、若い時からいくども見ていて、めずらしくはないが、娘の千重子をつれて行こうと思っていた。まして今年は、経費のしまつで、鞍馬のあの火祭りも、十月に行わぬというではないか。

太吉郎は雨を案じていた。竹伐り会は、六月の二十日で、つゆのさなかである。

十九日には、つゆにしては、やや強い雨だった。

「こない降ったら、明日はやみよるやろな。」と、太吉郎はときどき空を見た。

「お父さん、千重子は雨なんて、なんともおへんえ。」

「そやけどな。」と、父は言った。「やっぱり、お天気がようないと……。」

二十日も、雨はじめじめ降って、

「窓や戸だなの戸をしめときや。いやな湿気で、呉服もんがしめるさかい。」と、太吉郎は店員に言った。

「お父さん、鞍馬はおやめやすのどすか。」と、千重子は父にたずねた。

「来年も、またあるこっちゃ。あきらめとき。こない、もやがかかった鞍馬山なんて……。」

――竹伐りに奉仕するのは、僧ではなくて、おもに里人である。法師と呼ばれる。

竹伐りの支度として、十八日に、雄竹、雌竹、四本ずつを、本堂の左右に立てた丸太に、横しばりにする。雄竹は根を切って葉をつけ、雌竹は根をつけたままである。

本堂に向って、左が丹波座、右が近江座と、むかしから呼ばれている。

当番にあたった家の者は、伝来の素絹をつけ、武者わらじをはき、玉だすきをかけ、二本の刀をさし、頭に五条のけさを弁慶かぶりに巻き、腰に南天の葉をつけ、竹伐りの山刀は、錦の袋におさめられている。そして、先払いのみちびきで、山門に向う。

午後一時ごろである。

十徳姿の僧のほら貝で、竹伐りがはじまる。

二人の稚児が声をそろえて、

「竹伐りの神事、めでとう候。」と、管長に言う。

それから、稚児は右と左の両座に進んで、

「近江の竹、みごとに候。」

「丹波の竹、みごとに候。」と、それぞれほめる。

竹ならしは、丸太にしばった太い雄竹を、まず切って落して、ととのえる。細い雌竹は、そのままにしておく。

稚児が管長に、

「竹ならし、終り候。」と、告げる。

僧たちは内陣(ないじん)にはいって、読経(どきょう)する。蓮華(れんげ)のかわりに、夏菊(なつぎく)の立花(りっか)がまかれる。

管長は壇(だん)をおりて、檜扇(ひおうぎ)を開いて、三度(みたび)上げ下げする。

「ほう。」と言う声につれて、近江、丹波両座、二人ずつが、竹を三段に切る。

太吉郎はその竹伐りを、娘(むすめ)に見せたいのだが、雨でためらっているところへ、秀男が風呂敷包(ふろしきづつみ)を、小脇(こわき)にかかえて、格子戸(こうしど)をはいって来ると、

「お嬢(じょう)さんの帯を、やっと織り上げてみました。」と言った。

「帯……?」と太吉郎はけげんそうに、「娘の帯どすか。」

秀男は一膝(ひとひざ)さがって、ていねいに手をついた。

「チュウリップ模様の……。」と、太吉郎は気軽に言った。

「いいえ、嵯峨の尼寺でお描(か)きやした……。」と、秀男はまじめである。

「あの時は、若気(わかげ)のいたりで、佐田さんにはほんまに失礼いたしました。」

太吉郎は内心おどろきながら、

「なあに、ちょっと道楽気を出しただけのことどす。秀男さんにたしなめられて、目がさめたようなもんで、お礼を言わんなりまへん。」

「あの帯を、織らしていただいて、持ってさんじましたんどす。」

「へっ？」太吉郎はひどくおどろいた。

「あの下絵はな、くちゃくちゃにまるめて、おうちの横の小川に、捨ててしもたんどっせ。」

「お捨てやした……？　そうどすか。」と、秀男は不敵なほど、落ちついていて、「あれだけ拝見させてもろたら、まあ、頭にはいっとります。」

「商売やろかな。」と言ううちに、太吉郎の額は曇って来た。

「そやけどな、秀男さん。わたしが川へ捨てた下絵を、なんで織っとくれやしたんどす。ええ？　なんでまた、織っとくれやしたんどす。」と、太吉郎はくりかえして、かなしみとも、怒りともつかぬものが、胸にわいて来た。

「心の調和がない、荒れて病的や――言うたんは、秀男さん、あんたやないか。」

「…………。」

「そやさかい、おうちの門口を出ると、下絵を小川へ捨てたんどっせ。」

「佐田はん、どうぞ、かんにんしとくれやす。」と、秀男はまた両手をついて、あやまった。

「こっちも、つまらんもんを織らされて、つかれて、頭がいらいらしとりましたんどす。」

「うちの頭も、そうどした。嵯峨の尼寺いうたかて、静かはもう静かやけど、年よりの尼さんが一人きりで、ひるは雇い婆さんが通って来るだけで、さびしいて、さびしいて……。それに、うちの商売も傾いて来てますさかいにな、秀男さんの言わはったことが、いかにもと思えたんどす。なにも問屋のわたしが、下絵を描かんならんことはあらしまへんのや。あんな、新しがりの下絵は……。そやけども。」

「わたしも、いろいろ考えました。植物園で、お嬢さんに会うてから、また考えました。」

「…………。」

「帯、見とくれやすか。お気に入らなんだら、ここで、鋏でずたずたに、切っとくれやしたらええのどす。」

「へえ。」と、太吉郎はうなずいて、「千重子、千重子。」と、娘を呼んだ。

帳場に番頭とならんで坐っていた、千重子は立って来た。

秀男は濃い眉に、口を固く結んで、自信ありげの顔だが、風呂敷をほどく指先は、かすかにふるえている。

太吉郎にはものが言いにくいらしく、千重子の方へ膝をまわして、

「お嬢さん、見とくれやす。お父さんの図案どす。」と、丸帯を巻いたまま渡した。

そして、固くなっていた。

千重子は帯のはしを、少しひろげるなり、

「あ。お父さん、クレエの画集から、お考えやしたんやな。嵯峨でどすか。」と、膝の上にたぐって、

「いやあ、ええこと。」

太吉郎はにがい顔で、だまっていた。しかし内心、自分の図案を、秀男がよくもこう頭に入れたものと、じつにおどろいていた。

「お父さん。」と、千重子はあどけないよろこびの声で、「ほんまに、ええ帯やわあ。」

「…………。」

そして、帯の地をさわってみて、

「しっかり織っとくれやしたな。」と、秀男に言った。

「へえ。」と、秀男はうつむいていた。

「ここへのばして、見させてもろて、よろしおすな。」

「へえ。」と、秀男は答えた。

千重子は立って、二人の前へ、帯をのばした。父の肩に手をおいて、立ったままな

がめた。

「お父さん、どうどす。」

「………。」

「よろしいやおへんか。」

「ほんまにええか。」

「へえ。おおきに、お父さん。」

「もっと、よう見てみ。」

「新しい柄やさかい、きものによりまっしゃろけど……。ええ帯やわ。」

「そうか。まあ、気に入ったんやったら、秀男さんに、お礼お言い。」

「秀男さん、おおきに。」と、千重子は父のうしろに膝をついて、秀男に頭をさげた。

「千重子。」と、父は呼んだ。「この帯に調和があるか。心の調和や……。」

「えっ？　調和どすか。」と、千重子は虚を突かれて、また帯をながめた。「調和てお言いやしたかて、着るきものと、着る人とによりまっしゃろけど……。今は、わざと、調和をやぶるような、衣裳がはやりかけてんのどすけど……。」

「ふん。」と、太吉郎はうなずいた。「じつはな、千重子、この帯の下図を、秀男さんに見せた時に、調和がないと言われたんや。そいで、お父さんは、秀男さんの機場の横の小川に、下図を流してしもたんや。」

「……………。」

「そやのに、秀男さんが織って来やはったのを見ると、お父さんの捨てた下図に、そっくりやないか。絵具と色糸では、色が少しはちがうやろけどな。」

「佐田はん、かんにんしとくれやす。」と、秀男は両手をついてあやまって、

「お嬢さん、えらい勝手なお願いどすけど、帯をちょっと腰にあててみてもらえまへんやろか。」

「このきものに……。」と、千重子は立って、帯を巻いてみた。たちまち、千重子はあざやかに浮き立った。太吉郎も顔をゆるめた。

「お嬢さん、お父さんのお作どっせ。」と、秀男は目をかがやかせた。

祇園祭

千重子は大きい買いもの籠をさげて、店を出た。御池通を上へ渡って、麩屋町の湯波半へ行くのだが、叡山から北山の空へかけて、燃えあがる炎のような空をながめて、御池通でしばらくたたずんだ。

夏の日永だから、夕映えには早い時間だし、さびしげな空の色ではない。ほんとうに盛んな炎が、空にひろがっている。

「こないなこともあるのやな。はじめてやわ。」

千重子は小さい鏡を出して、その強い雲の色のなかに、自分の顔を写してみた。

「忘れんとおこ、一生、忘れんとおこ……。人間かて、心しだいかしらん。」

叡山と北山は、その色に押されてか、濃い紺ひと色であった。

湯波半では、湯葉と、牡丹湯葉と、やわた巻きとが出来ていた。

「お越しやす、お嬢さん。祇園祭で、いそがしいて、いそがしいて、ほんまの古いおなじみさんだけで、かにしてもろてます。」

この店は、ふだんから、註文だけしかつくらない。京には、菓子屋などにも、こういう店がある。

「祇園さんどすな。長年、おおきに。」と、湯波半の女は、千重子の籠に、もりあがるほど入れてくれた。

「やわた巻き」というのは、ちょうど、うなぎのやわた巻きのように、湯葉のなかに、ごぼうを入れて巻いてある。「牡丹湯葉」というのは、ひろうすに似ているが、湯葉のなかに、ぎんなんなどが包みこんである。

この湯波半は、いわゆる「どんどん焼き」にも残って、二百年ほど前の店である。少し直したところはあるが……。たとえば、小さい天窓にがらすをはめ、湯葉をつくる、おんどるまがいの炉は、れんがづくりになっている。

「前は炭火どしたけど、いこす時に、粉がはいって、湯葉にぽつぽつつきますやろ。そいで、おがくずをつかうことにしました。」

「………。」

四角い銅の仕切りのならんだ、釜から、少しかたまった、上皮の湯葉を、竹ばしで上手にすくいあげて、その上の細い竹の棒に干す。棒はいくつか上下にあって、湯葉のかわきにしたがって、上へ移してゆく。

千重子は仕事場の奥（おく）へ行って、古い柱に手をかけた。母といっしょに来ると、母はその古い大黒柱を、よくなでるのである。

「なんの木どす。」と、千重子は聞いてみた。

「ひのきどす。上まで高おすやろ。真直（まっす）ぐに……。」

千重子もその柱の古びをなでてから、店を出た。

千重子の帰りみちにつれて、祇園ばやしのけいこが、高くなって来る。

祇園祭は、七月十七日の山鉾巡行（やまぼこじゅんこう）の一日と、遠い地方からの見物の人たちは、思いがちであるかもしれない。せいぜい、十六日夜の宵山（よいやま）に来る。

しかし、祇園祭のじっさいの祭事は、まず七月いっぱいつづいているのである。

七月一日にそれぞれの山鉾町で、「吉符入（きっぷい）り」、そして、はやしがはじまる。

生き稚児（ちご）の乗る、長刀鉾（なぎなたぼこ）は、毎年、巡行の先頭であるが、そのほかの山鉾の順序をきめるのに、七月二日か三日、市長によって、くじ取り式が行われる。

鉾は前の日あたりにたてるが、七月十日の「御輿洗（みこしあら）い」が、祭りの本序であろうか。鴨川（かもがわ）の四条大橋（しじょうおおはし）で、御輿を洗う。洗うといっても、神官がさかきを水にひたして、御輿にそそぐだけである。

そして、十一日には、稚児が祇園社にまいる。長刀鉾に乗る稚児である。馬にまたがり、立烏帽子、水干の姿で、供をしたがえ、五位の位を授かりにゆくのである。五位より上は殿上人というわけである。

むかしは、神仏が入りまざっていたから、稚児の左右の供の子供を、観音、勢至の二ぼさつに、なぞらえたこともあった。また、稚児が神に位をさずかるのを、稚児が神と婚礼にたとえたこともあった。

「そんなん、けったいや。ぼく、男やんか。」と、水木真一も稚児にされた時、言ったものだった。

また稚児は「別火」である。つまり、家族と別の火で、煮たきしたものを、食べさせられる。浄めである。しかし、今はそれも略して、ただ、稚児の食べものに、切り火を打つだけだともいう。家の者が、うっかり忘れていたりすると、稚児の方から「切り火、切り火。」と、うながしたと、そんなうわさ話もある。

とにかく、稚児は巡行の一日ですむことではないので、いろいろと容易ではない。鉾町へ、あいさつまわりなどもしなければならぬ。祭りも稚児も、ほぼ一月がかりである。

七月十七日の山鉾の巡行よりも、京の人は、十六日の宵山に、むしろ情趣を味わうようである。

その祇園会の日が、近づいて来た。

千重子の店でも、表の格子をはずして、支度にいそがしかった。

京娘の千重子、しかも、四条通に近い問屋で、八坂神社の氏子の千重子は、毎年のことだから、祇園祭はめずらしくはない。暑い京都の夏祭りである。

いちばんなつかしいのは、長刀鉾に乗った、真一の稚児姿である。祭りとなると、祇園ばやしが聞えると、鉾が多くの提灯のあかりに取り巻かれると、その姿が生きかえって来る。真一も千重子も、七つか、八つであったろうか。

「女の子でも、あんなきれいなお子、見たことあらへん。」

真一が祇園社へ、五位少将の位を授かるのにも、千重子はついてゆき、鉾の町巡りにもついてまわったものだった。稚児姿の真一が、二人の禿をつれて、千重子の店へもあいさつに来て、

「千重子ちゃん、千重子ちゃん。」と、呼んだ時、千重子は赤くなって見つめたものだ。真一は化粧をして、口紅もつけていたが、千重子の顔は、ただ日やけしていた。べんがら格子につけた、床几が倒してあって、ゆかたに赤いしぼりの三尺おびの千重

子は、近所の子と、線香花火をもやしているところだった――。

今も、はやしのなか、鉾のあかりのなかには、その稚児姿の真一がいる。

「千重子、宵山にいってきたら？」と、夕飯のあとで、母は千重子に言った。

「お母さんは？」

「お母さんは、お客さんやさかい、出られしまへん。」

千重子は家を出ると、足が早まった。四条通は人波で、動けないほどである。

しかし、千重子は四条通のどこになに鉾、どの横町になに鉾と、よく知っているので、一通り見てまわった。やはり花やぐ。いろんな鉾のはやしも、聞えて来る。

千重子は「御旅所」の前へ行って、蠟燭をもとめ、火をともして、神の前にそなえた。祭りのあいだは、八坂神社の神も、御旅所へ迎えることになっている。御旅所は、新京極を四条へ出たあたりの、南側にある。

その御旅所で、七度まいりをしているらしい娘を、千重子は見つけた。うしろ姿だが、一目でそうとわかる。七度まいりというのは、御旅所の神前から、いくらか離れて行っては、またもどっておがみ、それを七たびくりかえすのである。そのあいだ、知り人に会っても、口をきいてはいけない。

「おや。」千重子はその娘に、見おぼえのある気がした。誘われるように、千重子もその七度まいりをはじめた。

娘は西へ行っては、御旅所へもどって来る。千重子は逆に、東へ歩いてはもどった。しかし、娘の方が千重子よりも、真心こめて、祈(いの)りも長い。

娘の七たびはすんだようだ。千重子は娘ほど遠く歩かないから、ほぼおなじころにおわった。

娘は食い入るように、千重子を見つめた。

「なに、お祈りやしたの?」と、千重子はたずねた。

「見といやしたか。」と、娘は声をふるわせた。

「姉の行方(ゆくえ)を知りとうて……。あんた、姉さんや。神さまのお引き合せどす。」と、娘の目に涙(なみだ)があふれた。

たしかに、あの北山杉(きたやますぎ)の村の娘であった。

御旅所にかけつらねた献灯(けんとう)、まいる人たちが前に供えた蠟燭で、神前は明るかった。しかし、娘の涙は明るさなど気にしていない。ともし火の方が、娘にきらきら宿っている。

千重子は、強い意志がわいて、しゃんとこらえた。

「なに言うてんね？」と、真一は軽くいなしながら、今夜の千重子は、どうしたのかと疑った。

千重子の店に送りとどけると、真一の兄は、千重子の父と母に、ていねいなあいさつをした。真一は、兄のうしろにひかえていた。

太吉郎は奥の間で、一人の客と、祭り酒を飲んでいた。飲むというほどでもなく、客につきあっていた。しげは給仕に、立ち坐りしていたが、

「ただ今。」と言う千重子に、「お帰りやす。早うおしたな。」と、言って、娘の様子をうかがった。

千重子は客に、ていねいなあいさつをして、

「お母さん、えらいおそうなって、お手つだいもせんと……。」

「よろし、よろし。」と、母のしげは、千重子に目で軽くあいずして、千重子といっしょに台所へ立ちあがった。酒のかんを運ぶためであったが、

「千重子、そないな心細い様子やさかい、送って来てくれはったんやろ。」

「へえ、真一さんと、真一さんの兄さんと……。」

「そうやろ。顔色が悪いし、ふらふらしといるな。」と、しげは千重子の額に、ちょ

っと手をあててみて、「熱はないようやけど、かなしそうや。今夜は、お客さんもあるさかい、お母さんといっしょに、寝て。」と、千重子の肩をやわらかく抱いた。

千重子は一粒の涙の出そうなのをこらえた。

「奥の二階で、さきにおやすみやす。」

「はい、おおきに……。」と、千重子は母のいつくしみに、心がほぐれた。

「お父さんもな、お客さんが少いので、さびしいのや。夕飯の時は、五六人あったんどすけど……。」

しかし、千重子は銚子を運んだ。

「十分いただきました。もう、こんだけにしといとくれやす。」

千重子は酒をつぐ手がふるえるので、左手をそえたが、それでもまだ、小きざみにふるえた。

今夜は、中庭のキリシタン灯籠にも、火が入れてある。もみじの大木のくぼみの二株のすみれも、ほのかに見える。

花はもうないが、上と下との、すみれの小さい株は、千重子と苗子であろうか。二株のすみれは会うこともなさそうに見えていたが、今夜、会ったのだろうか。千重子は二株のすみれを、ほの明りに見ていると、また、涙ぐんで来そうである。

太吉郎も、千重子になにかあると気づいた。ときどき、千重子を見る。

千重子はそっと立って、奥二階へあがった。いつもの寝部屋には、客の床（とこ）も取ってあった。千重子は押入（おしい）れから、自分の枕（まくら）を出すと、床にもぐった。むせび泣きの聞えぬように、枕に顔を押しあてて、枕の両はしをつかんだ。

しげがあがって来て、千重子の枕のぬれているらしいのを見ると、

「はい。あとでね。」と、新しい枕を出してくれて、すぐにおりて行った。階段のところに、ちょっと立ちどまって振りかえったが、なんとも言わなかった。

床を三つしけぬことはないが、二つ取ってあった。しかも、それは千重子の寝床であった。母は千重子の床に寝てくれるつもりらしい。

ただ、麻（あさ）の夏がけだけは、裾（すそ）の方に、母のと千重子のと、二枚、折りたたんであった。

しげは自分のではなくて、娘の床を取らせておいてくれたのだ。なんでもないようなことなのだが、千重子は母の心づくしを感じた。

それで、千重子の涙もおさまった。気もしずまった。

「あたしは、ここの子や。」

きまっているが、苗子に会って、とつぜん、千重子は、ずいぶん胸がみだれて、おさえかねていたのである。

千重子は、鏡台の前へ立って行って、自分の顔をながめた。かくし化粧をしようかと思ったが、それはやめた。ただ、香水のびんを持って来て、ほんの少し寝床にまいた。そして、伊達巻を、きゅっとしめ直した。

もちろん、たやすく寝入れるものではない。

「苗子という子に、つれなかったかしらん？」

目をつぶると、中川村（町）の、きれいな杉山が見えて来た。

苗子の話で、千重子はじつの父も母も、あらかたわかった。

「このうちの父や母に、打ちあけたら、ええのやろか。打ちあけへん方が、ええのやろか。」

おそらくは、この店の父も母も、千重子の生れたところ、千重子のじつの父や母は、知らないのではないだろうか。じつの父も母も、

「もう、この世には、おいやさへんのに……。」と、思っても、千重子はもう涙が出なかった。

町から祇園ばやしが聞えている。

下の客は、近江の長浜あたりの、ちりめん屋さんらしい。酒がややまわって、声が少し高くなって、千重子のふせっている、奥二階まで、とぎれとぎれに聞えて来る。

客は鉾の列が、四条通から、広く近代じみた、河原町を通るようになって、疎開道路の御池通へまがり、市役所の前には、観覧席までつくられたのを、いわゆる「観光」のためだと、しつこく言っているらしい。

前は京らしい狭い通りを通って、家を少しこわしたこともあったが、情調もあって、二階から、ちまきをもらうことがあったという。今はちまきをまく。

四条通はとにかく、狭い通りにまがると、鉾の裾の方は見にくい。それがいい。

太吉郎はおだやかに、広い通りで、鉾の姿すべての見やすい方が、立派なんだと、言いわけしている。

千重子は、鉾の大きい木の車輪が、辻をまがる時の音が、今も寝床に聞えて来るようである。

今夜は客は、隣りの部屋に泊りそうだが、千重子は、明日にでも、苗子に聞いたいっさいを、父と母とに、打ちあけるつもりであった。

北山杉の村は、みな個人企業であるという。しかし、すべての家が、山持ちではない。山持ちは少い。千重子のじつの父母も、山持ちの家の雇い人であったのだと、千重子は思った。

「奉公してますけど……。」と、苗子自身も言っていた。

二十年も前のことで、親はふた子が、恥ずかしいばかりではなく、ふた子は育ちにくいとも言われていたし、また、暮しも考えて、千重子を捨子したのかもしれなかった。

――千重子は苗子に、聞き落したことが三つあった。千重子を捨てに来たのは、赤んぼのころだったが、なぜ、苗子でなくて、千重子を捨てたのか。父が杉から落ちたのは、いつだったのだろうか。苗子は「生れたて」とは言ったが……。また、「杉の村よりも、もっと山奥の、母のさとで生れたらしい。」と、苗子は言った、そこはなんというところなのだろうか。

捨てられた千重子が、「身分ちがい」になっていると、苗子は思ったようで、苗子の方から、千重子をたずねて来ることは、決してあるまい。話したければ、千重子の方から、苗子の働き場へ行かねばならぬ。

しかし、千重子は、父や母に秘密では、行けなくなってしまったようだ。

千重子は大佛次郎の「京都の誘惑」という名文を、くりかえし読んだことがある。

「北山丸太にする杉の植林が層雲のように青い梢を重ねたのと、赤松の幹を纖細に明るく列ねた山全体が音楽のように木々の歌声を送って来る……。」という、その文章のひとくさりが、頭に浮んで来た。

祭りばやしや、祭りのざわめきよりも、その円い山の重なり、つらなりの音楽、木々の歌声が、千重子の心にかよって来た。北山に多い虹のなかを通して、その音楽、歌声を聞いているような……。

千重子のかなしみは薄らいでいた。かなしみでなかったのかもしれなかった。いきなり、苗子に出会った、おどろき、とまどい、困りであったのかもしれなかった。しかし、娘としては、涙の出る運命ではあったろう。

千重子は寝がえって、目をつぶって、山の歌を聞いた。

「苗子さんが、あないによろこばはったのに、あたしはなんやった？」

しばらくして、客と、父と母とが、奥二階へあがって来た。

「ごゆっくりおやすみやす。」と、父は客にあいさつしていた。

母は客の脱いだものをたたみ、こちらの部屋へ来て、父の脱いだものをたたもうとするので、

「お母さん、うちがします。」と、千重子は言った。

「まだ起きてたの？」と、母は千重子にまかせて、横たわると、

「ええ匂いがするわ。若いひとやな。」と、明るく言った。


近江の客は、酒のせいか、ふすま越しに、すぐ、いびきが聞えた。

「しげ。」と、太吉郎は隣りの床の妻を呼んだ。「有田はん、息子さんを、うちへくれたいのとちがうやろか。」

「店員――社員にどすか。」

「養子にや、千重子の……。」

「そんなお話、千重子も、まだ、眠ってしまへんがな。」と、しげは夫を、口どめするように言った。

「わかってる。千重子も聞いてたかて、よろし。」

「………。」

「次男さんやな。うちへも、なんべんか、使いに来やはったやろ。」

「わたしは、あんまり、有田さんが好きやおへん。」と、しげは声をひそめてだが、強く言い切った。

千重子の山の音楽は消えた。

「なあ、千重子。」と、母は娘の方へ寝がえった。千重子は目をあけたが、答えなかった。しばらく、しずかだった。千重子は足のさきを組み合せて、じっとしていた。

「有田はんはな、この店がほしいのやろ。わたしは、まあ、そう思うてる。」と、太吉郎は言った。「それに、千重子がきれいで、ええ娘やのは、ようわかってもろて……。取引先やさかい、うちの商売の内容も、ようわかってやはる。くわしく告げ口する店員も、うちにいるのやろ。」

「…………。」

「千重子がなんぼきれいでも、うちの商売のために結婚さそうてなこと、考えてみたことあらへん、なあ、しげ。神さまにすみまへんわ。」

「そうどすとも。」と、しげは言った。

「わたしの性質が、店に向かんのや。」

「お父さん、パウル・クレエの画集なんか、嵯峨の尼寺まで、持って行ってもろたりして、ほんまにかんにんしとくれやす。」と、千重子は起きあがって、父にあやまった。

「なんの。それがお父さんの楽しみや。なぐさめや。今では、生きがいや。」と、父も軽く頭をさげて、「その図案の才能もあらへんのに……。」

「お父さん。」

「千重子。この問屋を売ってしもて、西陣でもええけど、静かな南禅寺か岡崎あたりのちっちゃい家に移って、着尺や帯の図案を、二人で、考えてみたらどうやろ。貧乏は辛抱でけるか。」

「貧乏なんて、あたし、ちょっとも……。」

「そうか。」と、父はそれきりで、やがて寝たらしかった。千重子は眠れなかった。

しかし、あくる朝、早く目ざめて、店の前の道を掃除し、格子や床几を拭いた。

祇園祭はつづく。

十八日の、あとの山建て、二十三日のあと祭りの宵山、屏風まつり、二十四日の山の巡行、その後にも、奉納の狂言、二十八日の御輿洗い、そして八坂神社に帰り、二十九日に神事のすんだ奉告祭がある。

いくつかの山は、寺町を通る。

千重子はいろいろと、心落ちつかないで、ほぼ一月にわたる祭りを過した。

秋の色

明治の「文明開化」のおもかげを、今に残すものの一つ、堀川を走る、北野線の電車が、ついに取りはらわれることになった。日本でいちばん古い電車であった。千年の古都は、また、西洋の新しいものを、いち早く、いくつか取り入れたことが、知られている。京の人には、こういう一面もあるのだろう。

しかし、この老いぼれた「ちんちん」電車を、今日まで、動かせていたところにも、「古都」があるのかもしれなかった。車体はもちろん小さい。向いがわの座席の人と、膝がふれそうである。

しかし、いざ取りはらうとなると、名残りが惜しまれるか、その電車を造花で飾って、「花電車」とした。また、遠い明治の風俗をした人を乗せた。それを広く市民に告げもした。これも一つの「祭り」であろうか。

いく日か、乗る用もない人々で、古電車は満員がつづいた。日傘をさす人もある、七月のことであった。

京都の夏は、東京より照りきびしいけれども、東京では今、日傘をさして歩く人は、まあ、見かけなくなっている。

太吉郎が、京都駅の前から、その花電車に乗ろうとしていると、わざとうしろにかくれて、笑いをこらえているような中年の女があった。まあ、太吉郎も、明治の資格はあった。

電車に乗る時に、太吉郎はその女に、気がついて、ちょっと照れくさそうに、

「なんや。あんた明治の資格あらへんがな。」

「明治に近おすがな。それに、うち北野線どっせ。」

「そうか、そやったな。」と、太吉郎は言った。

「そやったなとは、えらい情の薄（うす）いこと……。それでも思い出しとくれやしたか。」

「可愛（かわい）らしい子をつれて……。どこにかくしてたんや？」

「あほらし……。うちの子やないことは、よう知っといやすやおへんか。」

「そら、わからんわ。女はな……。」

「なに言うといやす。そら男さんのことどっしゃんか。」

女のつれの女の子は、ほんとうに色白に愛らしい。十四五であろう。ゆかたに、赤い細帯をしめている。女の子ははにかんで、太吉郎をさけるように、女の横に腰（こし）をお

ろして、口を結んだ。

太吉郎は女の袂を、ほんの軽く引っぱった。

「ちいちゃん、まんなかへおかけ。」と、女は言った。

三人とも、しばらくものを言わなかったが、女は女の子の頭ごしに、太吉郎の耳にささやいた。

「この子を、祇園の舞子はんに出せたらと、よう、思いますのやけど。」

「どこの子？」

「近くのお茶屋はんの子どす。」

「ふうん。」

「だんさんとわたしの子やと、見といやすお人もおっせ。」と、女は聞えるか聞えぬ声で、つぶやいた。

「なに言うてんね。」

女は上七軒のお茶屋のおかみであった。

「北野の天神さんまでおこしやすな。この子にひかれて……。」

太吉郎はおかみのじょうだんとはわかっていたが、

「あんた、いくつや。」と、少女にたずねた。

「中学の一年どす。」

「ふうん。」と、太吉郎は女の子をながめて、「まあ、あの世でか、生れかわって来てから、頼みまっさ。」

色町の子だけに、太吉郎の妙な言葉が、なにとはなく、通じるらしいようである。

「なんでこの子にひかれて、天神さんまで行かんならんのや。このお子は、天神さんの化身かいな。」と、太吉郎はおかみをからかった。

「そうどす、そうどす。」

「天神さんは男やで……。」

「女ごはんに生れ変りおしやしたんどす。」と、おかみはすましたもので、「男はんやと、また、流罪の憂き目を、おみやすさかい。」

太吉郎はふき出しそうで、「女やと?」

「女やと、そうどすな、女やと、ええお人に、可愛がられますやろ。」

「ふうん。」

女の子がきれいなことは、あらそえなかった。お河童の毛は、黒光りがしていた。じつに美しい二皮目であった。

「一人子か。」と、太吉郎はたずねた。

「いいえ、姉さんが二人いやはります。上の姉さんは、来年の春、中学がすむさかい、出やはるかもしれへんのどす。」

「この子に似て、きれいか。」

「似といやすけど、このひとほどのことは、おへんどっしゃろか。」

「…………。」

上七軒に、今、舞子は一人もいない。舞子になるにしても、中学を出てからでないと、ゆるされない。

上七軒というからには、もとは、茶屋が七軒しかなかったのだろう。今は二十軒ほどにふえていることを、太吉郎もどこからか聞いていた。

むかし、そう遠いむかしではないが、太吉郎は西陣の織屋や、また、地方の得意と、よく上七軒で遊んだものであった。そのころの女が、浮ぶともなく浮んで来る。太吉郎の店も栄えていたものだ。

「おかみさんも、もの好きやな。こんな電車に乗ったりして……。」と、太吉郎は言った。

「人間は名残りを惜しむのが、かんじんどす。」と、おかみは言った。「うちらの商売は、むかしのお客さんを忘れへんのが……。」

「…………。」

「それに、今日は、お客さんを駅へお送りして来たんどっせ。この電車は帰りみちどすし……。佐田はんこそ、けったいやおへんか？　たった一人で、お乗りやして……。」

「そうやなあ、なんでやろ。花電車を、見とくだけでええのにな。」と、太吉郎は首をかしげて、

「むかしが、なつかしいのやろか。今がさびしいのやろか。」

「さびしいやて、お言いやすお年やあらしまへん。いっしょにお越しやす。若い子をお見やすだけでも……。」

太吉郎は上七軒まで、つれてゆかれそうであった。

北野神社の神前へ、おかみが真直ぐすすむので、太吉郎もしたがった。おかみのていねいな祈りは長かった。少女も頭をさげた。

おかみは、太吉郎のそばにもどると、

「ちいちゃんは、もう、かにしてあげとくれやす。」と言った。

「ああ。」

「ちいちゃん、お帰り。」

「おおきに。」女の子は、二人にあいさつをした。離れてゆくにつれて、中学生らしい歩き方になった。

「えろう、あの子がお気に入ったようどすな。」と、おかみは言った。「あと、二三年したら、出やはりまっしゃろ。お楽しみに……。今から、おませどっせ。きれいやさかいにな。」

太吉郎は答えなかった。太吉郎はどうせここまで来たのなら、社の広い境内を、見歩くつもりだった。しかし、暑かった。

「あんたとこで、少し休ましてんか。しんどなった。」

「へえ、へえ。うちははじめから、そのつもりどす。お久しいことどすしな。」と、おかみは言った。

その古びた茶屋に行くと、おかみは改まって、

「おこしやす。ほんまに、どないしといやしたん。おうわさはしてましたんどっせ。」と言った。

「横におなりやす。お枕持って来まっさかい。あ、さびしい言うといやしたやろ。お

となしいお話相手は……。」

「もと、会うてる芸子は、ごめんやで。」

太吉郎が居眠りしかかっているところへ、若い芸者が一人はいって来た。芸者はしばらく静かに坐っていた。はじめての顔だし、困った客だろう。太吉郎がぼそっとしていて、一向に話をはずませようとしない。芸者は客の気を引き立たせるためにか、出てから二年のあいだに、好きな人が四十七人あったと言った。

「ちょうど、赤穂義士どっしゃろ。四十、五十の人もおした。今考えると、おかしいて……そんなん、おかぼれやろて、笑われましたけど。」

太吉郎ははっきり目がさめて、

「今は……？」

「今は一人。」

そのころには、おかみも座敷へはいって来ていた。

芸者は二十ぐらい、それにしても、深いことのなかった男の数を、「四十七人」も、ほんとおぼえているのかと、太吉郎は思った。

また、芸者は出て三日目に、虫の好かぬ客を、手洗いへ案内してゆくと、いきなり、キスされた。芸者は客の舌をかんだ。

「へえ、そら、血も出ました。お客さんは、治療代を出せ言うて、えらいお怒りやすし、あては泣くし、ちょっとした騒ぎどしたえ。そやけど、向うさんのおしやしたことどっしゃろ。その人の名ももう忘れてしまいました。」

「ふうん。」太吉郎は、この細身のなで肩の、その時は十八九のやさしそうな京美人が、よくとっさに、きつくかんだものと、芸者の顔をながめた。

「歯を見せてみ。」と、太吉郎は若い芸者に言った。

「歯？　うちの歯どすか。お話しているうちに、お見やしたやろ。」

「もっとよく。いいんと。」

「いやあ、恥ずかし。」と、芸者は口をつぐんだが、「いけずやなあ、だんさん。口もきけんようになってしまうやおへんか。」

芸者は可愛い口もとに、小粒の白い歯であった。太吉郎はたわむれて、

「歯が折れて、つぎ歯したんとちがうか。」

「舌て、やわらかいもんどっしゃろ。」と、芸者はうっかり言って、「いややわ、もう……。」と、おかみの背に顔をかくした。

「血が出たの？」

しばらくしてから、太吉郎はおかみに、

「ここまで来たんやさかい、中里にも寄ってみるか。」

「へえ……。中里さんでも、およろこびやすわ。おともさしてもろて、よろしおすか。」と、おかみは立っていった。鏡台の前へ、ちょっと坐ってみるのだろう。

中里は、表構えはもとのままだが、客間は新しくなっていた。

もう一人芸者が加わって、太吉郎は中里に、夕食過ぎまでいた。

――太吉郎の店へ、秀男が来たのは、そのるすのまだった。お嬢さんにというので、千重子は店さきへ、立っていった。

「祇園祭のときにお約束の、帯の図案をかいてみましたんで、見てもらいに参じました。」と、秀男は言った。

「千重子。」と、母のしげが呼んだ。「奥へお通し。」

「はい。」

中庭にのぞんだ部屋で、秀男は図案を、千重子に見せた。二枚あった。一つは菊の花で、葉があしらってあった。菊の葉と気がつかないほど、新しい形に工夫がしてあった。もう一つは、もみじだった。

「よろしいわ。」と、千重子は、見とれていた。

「千重子さんのお気に入ってもろて、こんなうれしいこと……。」と、秀男は言った。

「どっちにさしてもらいまひょ。」

「そうどすな。菊やったら、年じゅうしめられますけど。」

「そんなら、菊の方を織らせていただいて、よろしおすか。」

「…………。」

千重子はうつ向くと、うれい顔になった。

「二つともよろしいけど……。」と、口ごもって、「杉(すぎ)と赤松(あかまつ)の山のは、でけしまへんの。」

「杉と赤松の山？　むずかしそうやけど、考えてみまっさ。」と、秀男はいぶかしそうに、千重子の顔を見た。

「秀男さん、かにしとくれやす。」

「かんにんて、なにも……。」

「それが……。」と、千重子は言い迷っていたが、「お祭りの晩に、四条の橋で、秀男さんが、帯のお約束しやはったのは、じつは、あたしやないのどす。人ちがいどす。」

秀男は声も出なかった。信じられなかった。力が抜(ぬ)けた顔になった。千重子のためにこそ、図案にも、心が張りつめていたのだ。千重子は、ここで、まったく、秀男をこばむつもりなのだろうか。

しかし、それにしては、少し腑に落ちぬ、千重子のものいいであり、ものごしである。秀男ははげしい気性を、やや、取りもどした。

「わたしは、お嬢さんの幻影に会うたんどすか。千重子さんの幻影と話したんどすか。祇園祭には、幻影があらわれるんどすか。」しかし、秀男は「思う人」の幻とは言わなかった。

千重子はひきしまった顔になって、

「秀男さん、あの時、お話おしやしたのは、あたしのきょうだいどす。」

「…………。」

「きょうだいどす。」

「…………。」

「あたしも、あの晩、はじめて会うた、きょうだいどす。」

「…………。」

「そのきょうだいのことは、まだ、うちの父にも母にも、話してないのどす。」

「えっ？」と、秀男はおどろいた。わからなかった。

「北山丸太の村、知っといやすやろ。その子はそこで働いてます。」

「へえっ？」

秀男は二の句がつげないほど、思いがけない。

「中川町、知っといやすやろ。」と、千重子は言った。

「へえ、乗合で通っただけどすけど……。」

「その子に、秀男さんの帯を一本あげとくれやす。」

「へえ。」

「あげとくれやす。」

「へえ。」と、秀男はまだ疑わしげにうなずいて、「そいで、赤松と杉の山の図案と、お言いやしたんか。」

千重子はうなずいた。

「よろしおす。でも、少し暮しに、つきすぎやしまへんやろか。」

「そこは、秀男さんの考案しだいやおへんの？」

「…………。」

「一生、だいじにしますやろ。その子は、苗子いうて、山持ちの娘やないさかい、よう働いてます。あたしなんかより、しっかり、しっかりしてて……。」

秀男はまだふしん気だが、

「お嬢さんのお頼みどっさかい、しっかり織らしてもらいまっさ。」

「もういっぺん言いますけど、苗子いう娘どっせ。」

「わかりました。そやけど、千重子さんに、なんであないよう似たはりますのやろ。」

「きょうだいやもの。」

「いくら、きょうだいやかて……。」

ふた子であるとは、千重子はまだ、秀男にも打ちあけなかった。

夏祭りの軽い装いだから、秀男が夜の光りで、苗子を千重子とまちがえたのも、あながち目の狂いでなかったかもしれなかった。

美しい格子に、外格子も重なり、床几もつけられ、そうして、奥深い店構え――今では、取り残された形かもしれないが、京風の立派な、呉服問屋の娘と、北山杉の丸太屋に奉公しているという娘とが、どうして、きょうだいなのか、秀男はふしんだった。しかし、そんなことは、立ち入って、聞いてみるものではなかった。

「帯が出来ましたら、こちらさんへ、おとどけしてよろしおすか。」と、秀男は言った。

「さあ。」と、千重子は少し考えたが、「苗子のとこへ、じかに、とどけてやってもらうこと出来しまへんか。」

「そら出来ます。」

「そうしてやっとくれやす。」と、千重子の頼みには、心がこもるようだった。「遠いとこどすけど……。」

「へえ。遠いいうたかて、しれてます。」

「苗子は、どないよろこびますやろ。」

「受け取ってくれやはりまっしゃろな。」と、秀男が疑うのは、もっともだった。たぶん、苗子はおどろくのではないか。

「あたしから、苗子に、よう言うときます。」

「そうどすか。それなら……。たしかに、おとどけさしてもらいますけど、なんというおうちどす。」

それは千重子も、まだ知らないので、「苗子のいるうちどすな。」

「へえ。」

「電話か手紙で、おしらせします。」

「そうどすか。」と、秀男は言った。「千重子さんがお二人、おいやすというより、お嬢さんの帯として、しっかり織って、わたしが持ってさんじます。」

「おおきに。」と、千重子は頭をさげた。「お願いします。けったいやてお思いやすか。」

「…………。」

「秀男さん、あたしの帯やのうて、苗子の帯を、織ってやっとくれやす。」

「へえ。わかりました。」

まもなく、店を出た秀男は、やはり、なぞにつつまれたような思いであった。しかし、帯の図案を考える方へ、頭が動きはじめないではなかった。赤松と杉の山では、よほど大胆(だいたん)にしないと、千重子の帯としては、地味になるおそれがある。秀男には、まだ、千重子の帯と思われるようであった。いや、その苗子という娘の帯とすれば、苗子が働く暮しに、あまり、つかぬようにしなければならない。千重子にも言った通りだ。

「千重子の苗子」か「苗子の千重子」かに会った、四条(しじょう)の大橋を歩いてみようと、秀男は足を向けた。しかし、昼の日光は、暑いばかりであった。橋のかかりで、欄干(らんかん)にもたれて、目を閉じると、人ごみや電車のひびきではなく、聞えぬほどの、河水の流れの音を、聞こうとした。

大文字を、今年は、千重子は見なかった。母のしげまでが、父につれられて、めずらしく出かけて、千重子はるすをしていた。

父たちは、近くの親しい問屋、二三軒と、木屋町二条下ルの茶屋の床を、借りきっておいたのだった。

八月十六日の大文字は、盆の送り火である。夜、松明の火を投げあげて、虚空を冥府に帰る、精霊を見送る習わしから、山に火をたくことになったのだともいう。

東山の如意ヶ嶽の大文字が「大文字」なのだけれども、じつは、五つの山に火がたかれる。金閣寺に近い大北山の「左大文字」、松ヶ崎の山の「妙法」、西賀茂の明見山の「船形」、上嵯峨の山の「鳥居形」、合せて、五山の送り火が、つぎつぎともされる。その四十分間ほどは、市内のネオン、広告灯も消される。

送り火のついた山の色、そして夜空の色に、千重子は初秋の色を感じる。

大文字よりも、半月ほど先き立って、立秋の前夜には、下鴨神社に、夏越しの神事がある。

千重子は左大文字なども見るために、よく、いく人かの友だちと、加茂の堤をのぼって行ったりしたものだった。

大文字そのものは、小さい時から見なれているが、
「今年も、もう大文字……。」という思いは、年ごろになるにつれて、胸に来るようになった。

千重子は店の表に出て、床几のまわりで、近所の子供たちと、遊んでいた。小さい子供たちは、大文字など気にしていないようだった。花火の方が、おもしろそうである。

しかし、この夏の盆は、千重子に、新しいかなしみもあった。祇園祭で、苗子に会って、生みの母も父も、早くなくなったことを、苗子に知らされたからであった。

「そうやわ、明日にでも、苗子に会いに行って来よ。」と、千重子は思った。「秀男さんの帯のことも、よう話しといたげんならんし……。」

あくる日の午後、千重子は目立たない装いで出かけた。――千重子はまだ、昼の光りのなかでは、苗子を見てはいなかった。

菩提（ぼだい）の滝（たき）でバスをおりた。

北山町は、いそがしい季節なのであろう。そこでもう、男たちが、杉丸太の荒むきをしていた。杉皮がうず高く、まわりに落ちひろがっていた。

千重子がためらいがちに、少し歩いていると、苗子が一散にかけ寄って来た。

「お嬢さん、よう来とくれやしたなあ。ほんまに、ほんまに、よう……。」

千重子は苗子の働き姿を見て、

「よろしいの。」

「へえ、今日はもう休ましてもろたんどす。千重子さんの姿が見えて……。」と、苗子は息せききりながら、「杉山のなかで、お話しまひょ。だあれにも、見つからしまへん。」と、千重子の袖を引いた。


苗子はいそいそと、前だれをといて、土の上にひろげた。丹波木綿の前だれは、うしろまでまわっているので、二人がならんで腰をおろす、広さがあった。

「坐っとくれやす。」と、苗子は言った。

「おおきに。」

苗子はかぶっていた、手ぬぐいを取って、髪を指でかきあげながら、

「ほんまに、よう来とくれやしたな。うれしいて、うれしいて……。」と、目をかがやかせて、千重子を見つめた。

土の匂い、木の匂い、つまり、杉山の匂いが強かった。

「ここやったら、下からわからしまへん。」と、苗子は言った。

「きれいな杉木立が好きで、たまに来ますのやけど、杉山のなかへはいったんは、はじめてやわ。」と、千重子はあたりをながめた。ほとんどおなじ太さの杉の群れが、真直ぐに立って、二人をかこんでいる。

「人間のつくった杉どすもの。」と、苗子は言った。

「ええ？」

「これで、四十年ぐらいどっしゃろ。もう、切られて、柱かなんかにされてしまうのどす。そのままにしといたら、千年も、太って、のびるのやおへんやろか。たまに、そない思うこともおす。うちは、原生林の方が好きどす。この村は、まあ、切り花をつくってるようなもんどっしゃろ……。」

「……………？」

「この世に、人間というものがなかったら、京都の町なんかもあらへんし、自然の林か、雑草の原どしたやろ。このへんかて、鹿やいのししなんかの、領分やったんとちがいますか。人間て、なんでこの世に出来ましたんやろ。おそろしおすな、人間て……。」

「苗子さん、そないなこと、考えはるの？」と、千重子はおどろいた。

「へえ、たまには……。」

「苗子さんは、人間がきらいやの。」

「人間は、大好きどすけど……。」と、苗子は答えた。「人間ほど、好きなものはおへんけど、もし、この地上に、人間がいなかったら、どないなったやろか。山のなかでうたたねをしたあとに、ふっと、そう思たりして……。」

「それは苗子さんの、心にひそんだ厭世(えんせい)やないの？」

「あたし、厭世なんて、だいきらいどす。毎日、楽しい、楽しい、働かしてもろて……。そやけど、人間て……。」

「…………。」

二人の娘のいる杉林は、にわかに暗くなった。

「夕立どすな。」と、苗子は言った。雨は杉の木末(こずえ)の葉にたまって、大粒(おおつぶ)のしずくとなって落ちて来た。

そして、はげしい雷鳴(らいめい)がともなった。

「こわい、こわい。」と、千重子は青ざめて、苗子の手を握(にぎ)った。

「千重子さん、膝(ひざ)を折って、小そうおなりやす。」と、苗子は言うと、千重子の上に重なって、ほとんど完全に、抱(だ)きかぶさってくれた。

雷鳴はいよいよすさまじく、稲妻と雷鳴とのあいだが、なくなって来た。山かいの裂けそうな音である。

二人の娘の真上に、近づいたようだ。

杉山の木末が、雨にざわめき、稲妻のたびに、そのほのおは、地上までひらめき、二人の娘のまわりの、杉の幹まで照らした。美しく真直ぐな幹のむれも、つかのま、不気味である。と思うまもなく、雷鳴である。

「苗子さん、落ちそうやわ。」と、千重子はさらに、身をすくめた。

「落ちるかもしれしまへん。そやけど、あたしたちの上には、落ちしまへん。」と、苗子は力強く言った。「落ちるもんどすか。」

そして、いっそう、千重子を自分のからだで、つつみこむようにした。

「お嬢さん、おぐしが、少しぬれといやすな。」と、手拭いで千重子のうしろ髪をふき、それを二つに折りかさねて、千重子の頭にかけてくれた。

「雨のしずくは、少しぐらい、通るかもしれまへんけど、お嬢さん、雷はこんりんざい、千重子さんの上や、近くには、落ちやしまへん。」

根が気丈の千重子は、苗子の心張った声に、少し落ちついて、

「おおきに……ほんまにおおきに。」と言った。「あたしをかばって、あんた、ずぶぬ

れやないの。」

「働き着やさかいに、ちっともかましまへん。」と、苗子は言った。「うち、うれしいわ。」

「腰に光ってるの、なに……？」と、千重子がたずねた。

「ああ、うっかりしてた。鎌どす。道ばたで、杉丸太の小むきをしてて、飛んできたさかい、その鎌どす。」と、苗子は気がついて、

「あぶのおすな。」と、その鎌を遠くへ投げた。木の柄はついてない、小さい鎌だった。

「帰る時、拾てゆきます。帰りとうないけど……。」

雷は二人の頭上を、通り過ぎていくようであった。

苗子が身をもって、おおいかぶさっている姿を、千重子ははっきりと感じた。

いくら夏でも、山のなかの夕立は、手先など、冷たいようだったが、首から足を、おおっていてくれる、苗子のからだの温みが、千重子のからだにひろがり、そして深くしみつたわっていた。言うに言えぬような、親しいあたたかさである。千重子はしあわせな思いで、しばらくじっとして目を閉じていたが、

「苗子さん、ほんまにおおきに。」と、重ねて言った。「お母さんのおなかのなかでも、

苗子さんに、こないしてもろてたんやろか。」

「そんな、押し合うたり、けり合うたりしてたんと、ちがいまっしゃろか。」

「そうやな。」と、千重子は肉親じみた声で笑った。

夕立も、雷とともに、通り過ぎて行ったようだ。

「苗子さん、ほんまにおおきに……。もう、よろしいやろ。」と、千重子は苗子の下から、起きあがりそうに、身動きした。

「へえ。そやけど、もうちょっと、こうしていとくれやす。杉の葉にたまった、雨のしずくが、まだ落ちてまっさかい……。」と、苗子は千重子にかぶさっていた。千重子は苗子の背に、手をやってみて、

「ずぶぬれやないの。冷たいことおへんか。」

「うちは、なれてるさかい、なんともあらしまへん。」と、苗子は言った。「お嬢さんの来とくれやしたのがうれしいて、身うちが、かっかしてます。お嬢さんも、少しおぬれやしたな。」

「苗子さん、お父さんが、杉から落ちはったのは、ここらあたり?」と、千重子はたずねた。

「知りまへん。うちも、ややこどした。」

「お母さんのおさとは……？　おじいさんやおばあさんは、おたっしゃ？」

「それも知りまへん。」と、苗子は答えた。

「おさとで、お育ちやしたんやおへんか。」

「お嬢さん。そんなこと、なんで、お聞きやすの？」と、苗子にきびしく言われて、千重子は声をのんだ。

「お嬢さんには、そないな人、あらしまへんえ。」

「…………。」

「うちだけでも、きょうだいやと、思うていとくれやしたら、ありがとうおす。祇園祭でいらんこと言うてしもて。」

「ううん、うれしかった。」

「うちも……。そやけど、お嬢さんのお店へは、苗子はいかしまへんえ。」

「来てもろて、ええようにします。父や母にも話して……。」

「おやめやす。」と、苗子は強く、「お嬢さんが、今みたいに、お困りやしたら、うちは死んでも、かばいにいきますけど……。わかっとくれやすやろな。」

「…………。」千重子は目頭（めがしら）があつくなったが、ろ。」

「なあ、苗子さん。お祭りの晩に、うちとまちがえられて、とまどいおしやしたや
「へえ。帯のこと言うといやした、お方どすか。」

「あの若い人、西陣の帯屋の織屋さんどす、それはしっかりした……。苗子さんに、帯を織ったげる、言うたはりましたやろ。」

「千重子さんと、まちがえはったさかい。」

「その帯の図案を、こないだ見せに来やはりました。そいで、あれは千重子やおへん。千重子のきょうだいや言いました。」

「へえっ?」

「苗子という、きょうだいにも、一本織ったげとくれやすて、頼んだんどっせ。」

「うちに……?」

「約束しやはったんやおへんか。」

「人ちがいのお話どす。」

「あたしも一本織ってもろたんやさかい、苗子さんも一本織ってもろたげとくれやすな。きょうだいのしるしに……。」

「うちが……。」と、苗子はおどろいた。

「祇園さんのお祭りの、約束やおへんの。」と、千重子は、やさしく言った。

千重子をかばっていた、苗子のからだは、少しかたくなって、動かなかった。

「お嬢さん、お嬢さんの難儀（なんぎ）のときには、よろこんで、身がわりでも、なんでも、さしてもらいますけど、身がわりに、ものをもらうて、そんなんいやどす。」と、苗子はきっぱり言った。

「そんなん、なさけのおす。」

「身がわりやあらしまへん。」

「身がわりどす。」

千重子は苗子を、なんと納得（なっとく）させたものかと、

「あたしがあげても、受け取ってくれはらしまへんの。」

「…………。」

「苗子さんに、あたしがあげとうて、織ってもろてるのどっせ。」

「ちょっと、ちがいまっしゃろ。お祭りの晩に、お人ちがいして、千重子さんに、帯をおあげしたい、お話どした。」と、苗子は言葉を切って、「あの帯屋さん、織屋さん、お嬢さんに、えろう、あこがれといやすな。うちも女のはしくれやさかい、ようわか

りましたえ。」

千重子ははにかみをおさえて、

「そうやったら、もろてくれはらしまへんの？」

「…………。」

「あたしのきょうだいやいうて、織ってもろてるのに……。」

「いただきます、お嬢さん。」と、苗子はすなおに折れた。「いらんこと言うて、かにしとくれやす。」

「その人が、苗子さんのおうちへ、とどけますけど、なんという、おうちにおいやすの。」

「村瀬いううちどす。」と、苗子は答えて、「上等の帯どすやろ。うちなんか、しめられるときが、おすやろか。」

「苗子さん、人のゆくさきは、わからしまへんえ。」

「そうどす。そうどすな。」と、苗子はうなずいて、「うちは、そう出世もしとうおへんけど……。しめるときがのうても、たからものにさしてもろときます。」

「うちの店は、あんまり帯はあつかわへんのどすけど、秀男さんの帯に合う、きものも見さしてもろときますわ。」

「……………。」

「父は変人どすさかい、このごろ、だんだん商売にいや気がさしてるのどす。うちみたいな、まあ、雑物の問屋は、ええもんばっかり、あつこうてるわけに、いきまへんやろ。化繊の織物や、毛織物も多うなって来て……。」

苗子は杉の木末を見上げて、千重子の背から立った。

「まだ少し、しずくが落ちますけど……。お嬢さん、ごきゅうくつどしたな。」

「いいえ、おかげさんで……。」

「お嬢さん、お店を少し、おてつだいしておみやしたら、どうどすやろ。」

「あたしが……?」と、千重子は打たれたように、立ちあがった。

苗子の着ているものは、びしょ濡れで、肌にべったりついていた。

苗子は千重子を、停留所までも、送らなかった。ぬれているというよりも、目立つからであったろう。

千重子が店にもどると、母のしげは、通し土間の奥で、店員たちの、おやつのしたくをしていたが、

「お帰り。」

「お母さん、ただ今。えろう、おそうなりまして……。お父さんは？」
「お手づくりの幕にはいって、なんやら考えといやす。」と、母は千重子を見つめて、
「どこへいて来やはった。お召がしめってちぢんでますな。着かえといでやす。」
「はい。」と、千重子は奥二階へあがって、ゆっくり着かえながら、しばらく坐って
いた。そして、おりて来ると、母は三時のおやつを、店員にくばり終っていた。
「お母さん。」と、千重子は少しふるえそうな声で、「お母さんにだけ、お話しときた
いことが……。」
しげはうなずいて、「奥二階へ行きまひょ。」
そこで、千重子は少しかたくなって、
「ここらも、夕立がおしたか。」
「夕立？　夕立は来やへんけど、夕立なんかの話やないのやろ。」
「お母さん、北山杉の村へ、いて来ましたん。そこに、あたしのきょうだいがいて
……。姉か妹か、あたしはふた子どす。今年の祇園祭に、はじめて会うたんどす。生
みの父や母は、とうになくなってしもてるのやそうどす。」
しげにはもちろん、不意打ちだった。千重子の顔を、ただ見つめた。「北山杉の村
……？　ふうん？」

けど……。」
「お母さんに、かくしとくこと出来しまへん。祇園祭と今日と、二度会うただけどす
「娘さんやな。今、どないしておいるのえ。」
「杉の村の家に、奉公して、働いてます。ええ娘どす。うちへは、来やしまへん。」
「ふうん。」と、しげは少しだまっていたが、「そうとわかったら、よろしいやろ。そ
いで、千重子は……。」
「お母さん、千重子は、ここの子どす。これまで通り、ここの子にしといとくれや
す。」と、一心な顔になった。
「あたりまえや。千重子は、もう、二十年も、わたしの子や。」
「お母さん……。」と、千重子は、しげの膝に、顔を伏せた。
「じつはな、祇園祭から、千重子にときどき、ちょっとやけど、ぼんやりしてるよう
なときがあるさかい、好きな人ができたんやろかと、お母さんは、聞いてみよ思てた
のえ。」
「…………。」
「そのお子、いっぺん、うちへつれて来ておみたらどうどす。店員の帰ったあとで、
夜にでも。」

千重子は、母の膝の上で、小さく頭を振り、

「来いしまへん。あたしのことを、お嬢さんて呼んだりして……。」

「そうか。」と、しげは千重子の頭の毛をなでて、「よう、言うとくれやしたな。千重子とよう似てるか？」

丹波つぼの鈴虫は、少し鳴きはじめていた。

松(まつ)のみどり

南禅寺(なんぜんじ)の近くに、手ごろな売家があると、しらされたから、秋びよりの散歩かたがた、見に行ってみようと、太吉郎は妻と娘(むすめ)とを誘(さそ)った。

「お買いやすおつもりどすか。」と、しげは言った。

「見てからのこっちゃ。」と、太吉郎は、にわかにふきげんで、

「割安でな、ちいちゃいうちやそうな。」

「…………。」

「歩くだけでも、ええやないか。」

「そうどすけど……。」

しげには、不安があった。その家を買って、今の店へ通おうというのか。――東京の銀座や、日本橋のように、中京(なかぎょう)の問屋町でも、主人は別に家を持って、店へ通うのが多くなってきている。それなら、まだいい。(太)の商(あきな)いは、傾(かたむ)きつつあっても、小さいすまいを、別に持つくらいのゆとりは、まだ、残っているだろう。

しかし、太吉郎は店を売ってしまって、その小さい家に、「隠居（いんきょ）」してしまおうと、考えているのではないのか。あるいは、それも、ゆとりのあるうちに、早く思い切った方が、いいのかもしれぬ。でもそれなら、南禅寺あたりの小さい家で、主人はなにをして、暮（くら）してゆこうというのであろうか。主人も五十半ばを過ぎているのだから、好きなように暮させてあげたい。店は相当に売れる。それでも金利生活をしてゆくのは、心細いばかりだろう。だれかに、その金をうまく回してもらえば、気楽にゆけそうだが、しげはとっさに、そんな人が思い浮（うか）ばなかった。

母のこのような不安は、口に出さなくても、娘の千重子に、通じたようだった。千重子は若い。母を見る目に、なぐさめがあらわれた。

それよりも、太吉郎は明るく、楽しげである。

「お父さん、あのへんをお歩きやすなら、青蓮院（しょうれんいん）のとこを、ちょっとだけ、通ってっていただけしまへんやろか。」と、千重子は車のなかで頼（たの）んだ。「ほんの入り口の前だけ……。」

「楠（くすのき）やな。楠が見たいのやろ。」

「そうやの。」千重子は、父の察しのいいのにおどろいた。「楠どす。」

「いこ、いこ。」と、太吉郎は言った。「お父さんもな、若いときに、あの楠の大木の木かげで、友だちと、いろんなことを、話したもんやった。――その友だちは、もうだあれも、京都にいやへんけど。」

「…………。」

「あのへんは、どこもなつかしいな。」

千重子はしばらく、学校を出てから、父の若い思い出にまかせておいてから、

「あたしも、昼ま、あの楠を見たことあらへんわ。」と言った。

「お父さん、夜の観光バスのコオス、知っといやすか。お寺では、青蓮院が一つ、はいってて、バスが着くと、お坊さんが、なん人か、提灯をつけて、お迎えに出やはんのどす。」

僧たちの提灯のあかりに、玄関まで、みちびかれてゆく道は、かなりある。しかし、情趣は、それだけと言っていいだろう。

遊覧バスの案内記によると、青蓮院の尼僧たちが、薄茶の接待をしてくれることになっている。ところが、広間に通されると、

「立て出しには、きまってますけど、おおぜいの人が、大きい盤台に、お粗末なお茶碗を、たんとのせて、さっさとおいてゆかはりますの。」と、千重子は笑った。

「尼さんも、まじってはるかもしれへんけど、目もとまらんぐらいの早わざで……。幻滅やわ、ぬるいお茶どした。」

「そら、しょがない。ていねいにしてたら、時間がかかるやないか。」と、父は言った。

「へえ。そら、まだ、ええのどす。あの広いお庭を、方々から照明で照らして、庭のまんなかに、お坊さんが出て来やはって、立って、大演説をしやはりますね。青蓮院の解説やけど、えらい雄弁やの。」

「…………。」

「お寺へはいってから、どっかで、お琴が鳴り通しで、あれはほんものやろか、蓄音機やろかと、お友だちと話して……。」

「ふうん。」

「それから、祇園の舞子さんを見にいって、歌舞練場で、二つ三つ舞わはるのやけど、あら、どういう舞子さんかしらん。」

「なんで。」

「だらりの帯やけど、衣裳が可哀想みたい。」

「さあ。」

「祇園から、島原の角屋へ、太夫さんを見に行きます。太夫さんの衣裳やなんか、ほんまもんどすのやろな。禿も……。百目ろうそくの明りで、あれ、お盃ごというのどすか、その型をちょっとしやはって、そのあと、玄関の土間で、太夫の道中の型を、少し見せてくれはんのどす。」

「へええ。それだけ見せてもろたら、えらいもんや。」と、太吉郎は言った。

「はい。青蓮院の提灯のお迎えと、島原の角屋さんとが、よろしおした。」と、千重子は答えた。「このお話、前にもしたように思いますけど……。」

「お母さんも、いっぺんつれていて。角屋や、太夫さんは、見たことないさかい。」

と、母が言っているうちに、車は青蓮院の前に着いていた。

千重子が、どうして、楠を見たいと思いついたのか。植物園の楠並木を歩いたためか。また、北山杉は、いわば栽培されたもので、自然の大木が好きだと言ったためか。

しかし、青蓮院の入り口の、石がきの上の楠は、楠だけが、四本ならんでいる。なかでも、手前のが、もっとも老木であるらしい。

千重子たち三人は、その楠の前に立って、ながめて、なんとも言わなかった。じいっと、ながめていると、大楠の枝の、ふしぎな曲り方に、のびひろがり、そして、交わった姿には、なにか不気味な力がこもっているようでもある。

「もう、ええか。いこう。」と、太吉郎は南禅寺の方へ、歩き出した。

太吉郎は、ふところの財布(さいふ)から売家への道案内をかいた、紙をながめながら、

「なあ、千重子、楠て、お父さんも、よう知らんけど、暖かい土地、南国の木やないのやろか。熱海(あたみ)とか、九州とかでは、そら、さかんなもんや。ここのは老木やけど、大きい盆栽(ぼんさい)みたいな感じせえへんか。」

「それが、京都やおへんの？　山でも、川でも、人でも……。」と、千重子は言った。

「ああ、そうか。」と、父はうなずいたが、

「人間は、みながみな、そうとはかぎらへんけどな。」

「……。」

「今の人かて、むかしの歴史の人かて……。」

「そうどすな。」

「千重子のように言うたら、日本という国が、そうやないか。」

「……。」千重子は、父の話の大きくなったのを、いかにもと思ったが、「そやけど、お父さん、あの楠の幹でも、妙(みょう)にひろがった枝でも、よう見てると、こわいように思いまっせ、えらい力やおへんの？」

「そらそや。若い娘が、そないなこと、思てるの？」と、父は楠をふりかえり、それから、娘をじっとながめて、「たしかに、千重子の言う通りや。千重子の、黒光りする、髪がのびるのかて……。お父さんが、鈍うなってしもたんやな。老いぼれたんやな。いや、ええこと、聞かしてもろた。」

「お父さん。」と、千重子は強い情をこめて、父を呼んだ。

南禅寺の山門から、境内をのぞくと、静かで広いのに、いつものように、わりと人影がすくない。

父は売家の案内図をながめながら、左に折れた。その家は、いかにも小さいようだったが、土べいが高く、奥深くにあった。せまい門から、玄関へ行く両脇に、白萩の花が、長い列に咲きつらなっていた。

「こら、きれいや。」と、太吉郎は門の前に、白萩の花を見とれて、たたずんでいた。しかし、この家を買うために見る気持は、もう失われていたのである。一軒おいて隣りの、やや大きい家が、料理旅館になっているのを、見たからである。

しかし、白萩のつらなりは、立ち去りにくいものがあった。

太吉郎は、しばらく来ないあいだに、南禅寺の前あたりの大通りの家が、多く料理旅館になってしまっているのに、おどろいた後だった。なかには、建て直して、大きい団体宿になって、地方の学生が、騒がしく出入りしているのもあった。

「うちは、よさそうやけど、あかん。」と、太吉郎は萩の家の門で、つぶやいた。

「そのうちに、京都じゅうが、料理旅館になってしまいそうな、いきおいやな、高台寺あたりみたいに……。大阪、京都のあいだは、工場地帯になってしもたし、西の京あたりには、まだ、空地もあるけど、便利の少々悪いのはええとしても、近所に、どないけったいな、はいからな家を建てられるやらしれへんし……。」と、父は気落ちした顔になった。


太吉郎は、白萩の花のつらなりに、まだ、みれんをおぼえてか、七八歩、行ってから、ひとりで、引きかえすと、また、ながめた。

しげと千重子とは、道で父を待っていた。

「よう、咲かさはったなあ。なんぞ、秘訣があるのやろか。」と、二人のところにもどって来て、

「そやけど、竹の支えでもしてやったら、ええのに……。雨やったら、萩の葉にぬれて、敷石を歩けへんみたいや。」と、父は言った。「今年も、萩をよう咲かそ思わはったときは、家を売る気、まだなかったんやないやろか。それが、売らんならんとなる

と、萩がこけようが、もつれようが、どうでもええようなったんとちがうやろか。」

　二人はだまっていた。

「人間て、そんなもんかいな。」と、父はすこし額をくもらせた。

「お父さん、そない萩がお好きどすか。」と、千重子は明るめるように、「今年は、もう、まにあわしまへんけど、来年、千重子に、萩の小紋を、お父さんのために、考えさしてみとくれやす。」

「萩は女がらや。まあ、萩は女のゆかたがらや。」

「それを、女がらやなく、ゆかたがらやなくしてみます。」

「へええ。小紋なんて、下着か。」と、父は娘を見た。笑いにまぎらわせて、「お父さんは、そのお礼に、楠のきものか、羽織か、千重子に、かかしてもらいまっさ。お化けみたいながらやで……。」

「…………。」

「男と女と、さかさまになってしもたみたいやな。」

「さかさまやあらしまへん。」

「お化けみたいな、楠のがら着て、歩けるかいな。」

「はい、歩きますわ。どこへでも……。」

「ふうん。」

父はうつ向いて、考えこむようだった。

「千重子、わたしかて、白萩だけが、好きやないけど、どんな花かて、見る時と場所とで、胸にしみることがあるもんや。」

「そうどすな。」と、千重子は答えて、「お父さん、ここまで来たら、竜村さんも近うおすさかい、ちょっと、寄ってみてほしいのどすけど……。」

「あら、外人向きの店やで……。しげ、どないする？」

「千重子がいてみたいのやったら。」と、気軽に言った。

「そうか。竜村はんの帯なんか、出てへんで……。」

あたりは、下河原町の立派な屋敷町であった。

千重子は店へはいると、右の方にかけならべた、また、巻き重ねた、絹の女服地を、熱心に見はじめた。これらは、竜村のものではなくて、カネボウの織物なのである。

しげが寄って来て、「千重子も、洋装するつもり？」

「ううん、ちがいますの、お母さん。外人好みの絹は、どんなんやろ思て。」

母はうなずいた。娘のうしろに立った。ときどき、指を出して、絹にさわってみた。

正倉院ぎれをおもに、古代ぎれなどの、写し織りが、まんなかの部屋や、そして、廊下にかけてあった。

　これらが竜村である。太吉郎は、竜村のいくどかの展観や、また、もとの古代ぎれや、その図録も見て、頭にあるし、その名をみな知っているが、やはり、よく、ながめないではいられなかった。

「日本でも、こういうものがでけると、西洋人に見せております。」と、太吉郎と顔見知りの店員は言った。

　太吉郎は前におとずれた時にも、聞いたことだが、今もうなずいた。唐などの写しにしても、

「えらいもんどすな。むかしは……。千年も前どすか。」と言った。

　ここでは、その古代写しの大ぎれは、売らぬらしい。――女帯に織ったのもあって、太吉郎は好んで、なん本か、しげや千重子に買ってやってあるが、この店は、西洋人向きと見えて、帯はなかった。せいぜい、大きい売物は、テエブル・センタアぐらいである。

　そして、かざり箱のなかには、袋物とか、紙入れとか、巻煙草入れとか、ふくさとか、小ものがかざってあった。

太吉郎は、むしろ竜村らしくない、竜村のネクタイを、二三本と、「菊もみ」の紙入れを買った。「菊もみ」は、光悦が「大菊もみ」という、紙の工芸を、鷹ヶ峰でつくったのを、きれ地にうつして、そのおこりは、わりと新しい。

「東北のどこどしたか、似たのを、今も、丈夫な和紙で、こさえてるとこがありますな。」と、太吉郎は言った。

「はあ、はあ。」と、店の人は答えた。「光悦とのつながりは、よう、ぞんじまへんけど……。」

奥のかざり箱の上には、ソニーの小型ラジオがならべてあるので、太吉郎たちは、さすがにおどろいた。「外貨獲得」のための、委託品にしても……。

三人は、奥の応接間に通されて、茶を出された。それらのいすには、外国から来た、いわゆる貴賓が、いく人か腰かけたと、店の人に言われた。

ガラス窓のそとに、小さいが、めずらしい杉木立があった。

「なんという杉どすか。」と、太吉郎はたずねた。

「わたしも、ようわからんのどすが……。こおよう杉とか言うのやそうどす。」

「どんな字どす。」

「植木屋さんは、字を知らんことがあって、たしかやおへんけど、広葉杉とちがいますか。なんでも、本州から南に、ある木やそうどす。」

「幹の色は……？」

「あれは、苔どす。」

小型ラジオが鳴り出したのを振り向くと、三四人の西洋婦人に、説明している、若い男があった。

「あ、真一さんのお兄さんどすわ。」と、千重子は立ちあがった。

真一の兄の竜助も、千重子の方へ近づいて来た。応接間のいすにかけた、千重子の父と母に、頭をさげた。

「あの御婦人たちを、御案内しといやすの。」と、千重子は言った。両方から、近づき合うと、気安な真一とちがって、この兄に、千重子は、迫って来るものがあって、話しにくいようだった。

「案内というわけやないのですけど、あの人たちの通訳をして歩いてる、友だちの妹さんが死んで、三四日代りをしてますね。」

「まあ、お妹さんが……。」

「はあ。真一より、二つぐらい下どしたやろ。可愛らしい娘さんでしたけど……。」

「…………。」

「真一は、英語に弱おすやろ。はにかみややし。そいで、まあ、わたしが……。ここのお店では、通訳なんて、いらんのですけど……。それに、このお店で、小型ラジオなんか買う、お客さんどっしゃろ。都ホテルに泊っといやす、アメリカ人の奥さんたちです。」

「そうどすか。」

「都ホテルは近いさかい、ちょっと寄ってみたんです。竜村の織物を、よう見てくれるとええのに、小型ラジオや。」と、竜助は小声に笑って、「どっちでも、よろしおすけどな。」

「あたしも、ラジオをおいといやすのを、見るのは、はじめてです。」

「小型ラジオかて、絹かて、一ドルは一ドルで、変りはおへんやろ。」

「ええ。」

「さいぜん、庭へ出たら、お池に、いろんな色の色鯉がいて、これを、くわしく聞かれたら、なんて説明したらええのか、考えてましたんやけど、きれいや、きれいやだけで、こっちは大助かりどした。色鯉のことなんて、よう、わかりまへんやろ。鯉のいろんな色を、英語で、なんて言うたら、たしかなか、知りまへんやろ。ぶちのある、鯉の色なんて……。」

「…………。」

「千重子さん、鯉を見に出てみまひょか。」

「あの御婦人方は？」

「ここの店員さんに、まかしといた方がよろしいし、もう、そろそろお茶に、ホテルへ、帰らはる時間どっしゃろ。御主人たちと落ち合うて、奈良(なら)へ行かはるいうことです。」

「父と母に、ちょっと、そう言うて来ます。」

「ああ、わたしも、お客さんに、ことわって来ます。」と、竜助は婦人たちのところへ行ってなにやら言っていた。婦人たちは、いっせいに、千重子の方を見た。千重子は顔が染まった。

竜助は、すぐ引きかえして来て、千重子を誘(さそ)うと、庭へ出た。

池の岸に、腰をおろして、みごとな色鯉のおよぐのを、二人はながめて、しばらくだまっていた。

「千重子さん、お店の番頭さん――会社やから、専務か常務かしらんけど、いっぺんね、千重子さんから、きつうあたっておみやす。千重子さんには、出来ますやろ。わたしが立ち合ってあげても、よろしおすけど……。」

千重子は思いがけないことだった。胸がかたく縮んだ。

竜村から帰った夜、千重子は夢を見た。――さまざまな色の鯉のむれが、池の岸にしゃがんだ、千重子の足もとへ、寄り集まって来た。鯉は重なり合い、身をおどらせて、頭を水の上に出すのもあった。

これだけの夢である。そして、昼にあったことである。千重子が、池の水に手を入れて、少し波立たせると、こんな風に、鯉が寄り集まったのだった。千重子はおどろいて、なんともいえない愛情を、鯉のむれに感じた。

そばにいた竜助は、千重子よりも、おどろいたらしかった。

「千重子さんの手は、どんな匂い――どんな霊気が出るんです。」と言った。

これにははにかんで、千重子は立ちあがると、「鯉がよう人に、なれてるのどっしゃろ。」

しかし、竜助は千重子の横顔を、じっと見つめた。

「東山が、すぐそこどすな。」と、千重子は竜助の目をのがれた。

「はあ、少し色がちがったと、お思いやさしまへんか。秋らしく……。」と、竜助は答えた。

千重子の鯉の夢に、竜助がそばにいたか、いなかったか、目がさめてからの千重子は、よくわからなかった。しばらく、眠れなかった。

その明くる日、千重子は竜助から、店の番頭に、「きつうあたっておみやす。」と、すすめられたことを、言いためらっていた。

店が終りに近づいた時分、千重子は帳場の前に坐った。低い格子でかこった、古めかしい帳場だった。番頭の植村は、千重子のただならぬ、けはいを感じて、

「お嬢さん、なんぞ……。」

「あたしの着尺を、見せとくれやす。」

「お嬢さんの……?」と、植村はほっとしたように、「うちのをお着やすのどすか。今からやと、お正月着どすか。訪問着か、振袖。さあ。お嬢さんは、岡崎さんのような染屋さんとか、ゑり万さんのようなお店で、お買いやすのとちがうのどすか。」

「うちの友禅を見せてほしいの。お正月着とちがいまっせ。」

「へえ、そら、なんぼでも、というたかて、今あるだけで、お目のこえといやす、お嬢さんのお気に入りまっしゃろかな。」と、植村は立ちあがって、店員を二人呼び、耳打ちして、三人で十反あまり出して、店のまんなかに、手なれてひろげて、ならべ

てみせた。

「これがよろしいわ。」と、千重子も早かった。「五日か一週間のうちに、仕立てさしてもらえまっしゃろな。八掛けやなんか、まかせるさかい。」

植村は気をのまれて、「ちょっと急やし、うちは問屋どっさかい、めったに、仕立てには出さしまへんけど、よろしおす。」

二人の店員は、器用に反物を巻いた。

「これ、寸法書きどす。」と、千重子はそれを、植村の机においた。しかし、立ち去らなかった。

「植村はん、あたしもうちのお商売を、少しずつ、見習うて、知りたい思いますし、よろしゅうお願いします。」と、千重子はやさしい声で、軽く頭をさげた。

「へえ。」植村の顔は、こわばった。

千重子は静かに言った。

「あしたでよろしいけど、帳簿も、ちょっと見せとくれやす。」

「帳簿？」と、植村は、にが笑いするように、「お嬢さんが、帳簿をおしらべやすのか。」

「しらべるなんて、そんな大それたこと、思いもよりまへんけど、帳簿をのぞいとかな、うちがどんな商売や、わからしまへんやろ。」

「そうどすか。一口に、帳簿お言いやしても、たんとありまっせ。それに、税務署いうもんもおすさかい。」

「うちは、二重帳簿どすか。」

「なにお言いやす、お嬢さん。そないなごまかしが出来るのやったら、お嬢さんに、お願いしまっさ。公明正大どす。」

「あした、見せとくれやすな、植村はん。」と、千重子はあっさり言って、植村の前を立った。

「お嬢さん。お嬢さんのお生れやす前から、この植村は、お店をあずからしてもろてますのやで……。」と、植村は言ったが、千重子が振りかえりもしないので、植村は聞えぬほどに、「なんやいな。」そして、軽く舌打ちして、「腰が痛いわ。」

夕食の支度にかかっている、母のところへ、千重子が来ると、母はまったくおどろいていたらしかった。

「千重子、えらいことお言いやな。」

「へえ。しんどおしたえ、お母さん。」

「若い人は、おとなしいても、こわいな。お母さんの方が、ふるえそうやった。」

「千重子も、入れ智慧してもろたんどす。」

「へええ？　どなたさんに。」

「真一さんのお兄さんに、竜村で……。真一さんとこは、お父さんがまだ、しっかり商売しといやすし、ええ番頭さんが二人、おいやすさかい、もし、植村さんがやめはったら、一人まわしたげるし、自分が行ったげてもええ言うとくれやしたの。」

「竜助さんがか。」

「ええ、どうせ商売するのやさかい、大学院なんて、いつやめても、よろしいんですて……。」

「へええ？」と、しげは千重子の、かがやくように美しい顔を見た。

「植村さんは、やめはる気づかいはないけどな……。」

「それから、あの白萩のうちの近くに、ええ家があったら、おやじに買わせときまひょかとも、言うといでやした。」

「ふうん。」母はとっさには、言葉も出ないほどだったが、「うちのお父さんは、少し世をはかなんどいやすさかいな。」

「お父さんはあれで、よろしいやないかて……。」

「それも竜助さんか。」

「はい。」

「…………。」

「お母さん、見といやしたやろけど、杉の村の娘に、うちのきものを一枚、やっとくれやすな。千重子のお願い……。」

「ええとも、ええとも、羽織もどうやの。」

千重子は目をさけた。涙にうるみかかっていた。

高機と、なぜいうのか。もちろん、高い手機だからだが、地面を浅く掘って、すえつけてあるのは、土のしめりけが、糸によいからとの説もある。もとは、その高い機の上に、人が乗っていたこともあった。今は、重い石をかごに入れて、機の横に、つるしたりもしている。

このような手機と、機械機とを、両方使っている、織屋もある。

秀男のところは、手機だけが三台で、兄弟三人で織り、父の宗助も、ときには、機に坐るから、こまかい織屋の少くない、西陣では、まあまあであろう。

千重子に頼まれた帯も、織りあがりに近づくにつれて、秀男のよろこびは増した。

身を入れたしごとのしあがりのせいもあるが、おさの行きかい、織る音のなかにも、千重子がいたからである。

いや、千重子ではない。苗子である。千重子の帯ではなくて、苗子の帯である。しかし、秀男は織っているうちに、千重子と苗子とが、一つになってしまう。

父の宗助は、秀男のそばに、しばらく立って、ながめていて、

「こら、ええ帯やな。めずらしいがらや。」と、首をかしげて、「どこさんの？」

「佐田はんの、千重子さんのどす。」

「がらは……？」

「千重子さんが、考えはりました。」

「へええ、千重子さんが……？ほんまかいな。ふうん。」と、父は息をのむように、ながめていたが、まだ、機にある帯を、指でさわってみて、「秀男、かっちり織れてるわ。これならええ。」

「…………。」

「秀男。前にも話した思うけど、佐田はんには、恩がある。」

「聞いた、お父さん。」

「ふん、話したな。」と言いながら、宗助はやはりくりかえした。「わしが、織工から、

ひとり立ちして、やっと高機を一台入れて、それも半分は借金や。一本織れるたんびになん、佐田はんへ持っていたもんや。一本なんて、みっともないさかい、夜なかにそっとな……。」

「……。」

「佐田はんは、いやな顔しやはったことあらへなんだ。その機が三台になって、なんとか、まあな……。」

「……。」

「そやけど、秀男、まだ、身分がちがうで……。」

「よう、わかってますけど、なんで、そんなこと言わはりますね。」

「秀男は、佐田はんの千重子さんが、だいぶ好きらしいけど……。」

「そんなことどすか。」と、秀男は休めていた手足を動かして、織りつづけた。

織りあがると、苗子の杉の村へ、さっそく、帯をとどけに出かけた。

北山の方角に、虹がいくどか立った、午後であった。

秀男は苗子の帯をかかえて、道に出ると、虹が目についた。虹はふといけれども、色が淡く、上までの弓形は、描いていなかった。秀男が立ちどまって、ながめているうちに、虹の色は薄れて消えてゆくようだった。

ところが、バスで山かいへはいるまでに、秀男は似たような虹を、なお、二度見た。三つとも、上まである完全な形の虹ではなくて、どこかで薄れていた。よくある虹なのだが、

「ふうん。虹は吉のしるしなんやろか、凶なんやろかしら。」と、今日の秀男は少し気にかかった。

空は曇っていなかった。山かいへはいってしまうと、似たような淡い虹が、また立ったか、それは、清滝川の岸にせまる山で、わからなかった。

北山杉の村で、おりると、苗子は仕事着のまま、前だれで、ぬれた手をふきながら、すぐに近づいて来た。

苗子は菩提の砂（むしろ、かば色の粘土に近い）で、杉丸太を、手でていねいに、洗っていた。

まだ、十月だけれども、山水はつめたいのだろう。つくった溝に、杉丸太を浮かせて、片端の、かんたんなかまどから、湯を流しているのか、湯気がのぼっていた。

「よう、こんな山奥へ来とくれやしたな。」と、苗子は腰をかがめた。

「苗子さん、お約束のおみ帯を、やっと織らしてもらえたんで、おとどけにさんじま

したんどす。」

「千重子さんの身代りの、帯どすな。あたしは、身代りは、もういやどす。会うただけで、よろしおす。」と、苗子は言った。

「この帯は、お約束どしたやろ。それに千重子さんの図案どす。」

苗子はうつ向いた。「じつはね、秀男さん、おととい、千重子さんのお店から、あたしのきものから、草履（ぞうり）までそろえて、送ってくれやした。そんなん、いつ着られますやろ。」

「二十二日の時代祭にどうどす。出られしまへんか。」

「いいえ、出してはくれはります。」と、苗子はためらいなく言って、「今は、ここでは、人目につきまっさかい。」と、考える風だったが、「あの川原（かわら）の小石原へ来とくれやすか。」

あの時の千重子と二人のように、まさか杉山のなかへかくれるわけにはゆかない。

「秀男さんの帯は、一生の宝にさしてもらいますわ。」

「いやあ、また、織らしてもらいます。」

苗子は声も出なかった。

　千重子がきものを送ってくれたのは、苗子の身を寄せているうちの人たちにも、もちろん、知れているので、秀男をその家へ、つれて行ったっていい。しかし、苗子は千重子の今の身分も店も、おおかたわかったので、それだけで、幼い時からの心が満ちた。この上、ささいなことで、千重子をわずらわしたくはなかった。

　もっとも、苗子が養われている、村瀬家はここではいい杉山持ちだし、苗子は骨身を惜しまずに、働いているから、千重子の家に知れたところで、めいわくのかかるはずはない。呉服などの中ぐらいの問屋よりも、杉山持ちの方が、たしかかもしれない。

　しかし、苗子は千重子と、ゆき来を重ね、つきあいを深めることは、つつしむつもりでいた。千重子の愛情も、身にしみただけに……。

　それで、秀男を、川原の小石原に、誘ったのだった。清滝川の小石の川原にも、植えられるだけは、北山杉をやしなっている。

「えらい、失礼なとこで、かんにんしとくれやっしゃ。」と、苗子が言った。娘だから、早く帯が見たい。

「きれいな杉山どすな。」と、秀男は山を見上げながら、木綿ぶろしきを解き、たとうの紙こよりをほどいた。

「ここが、おたいこで、ここらあたりが、前のつもりどすけど……。」

「まあ。」と、苗子は帯をしごいてみながら、「あたしには、もったいのおすわ。」と、苗子は目をかがやかせた。

「若僧(わかぞう)の織った帯が、なにがもったいのおす。赤松(あかまつ)と杉で、正月も近いことどすさかい、松がおたいこやとばかり考えてたら、千重子さんは、杉やお言いやすね。ここへ来てみて、ようわかりました。杉と聞くと、えらい木々、老木を思いますけど、まあ、やさしゅう描いたのが、取柄(とりえ)どしたやろかな。赤松の幹も、ちょっとおすやろ、色ぞえに……。」

もちろん、杉の幹にしても、そのままの色に、描いてあるのではなかった。形と色とに、工夫(くふう)が加えてあった。

「ええ、帯どすわ。ほんまに、おおきに……。あたしなんか、えろう派手な帯は、しめられしまへんしな。」

「千重子さんのお送りやした、きもの、合いますか。」

「よう合うと思います。」

「ちっちゃい時から、千重子さんは、京風の呉服はなれといやすさかいに……。この帯は、まだ、見せてやしまへんけど、なんやしらん。恥(は)ずかしいて。」

「千重子さんの考案どすのに……。わたしも千重子さんには見てもらいとおす。」

「時代祭に、着て来とくれやすな。」と、秀男は言って、帯をたとうに、折りたたみ入れた。

秀男は、たとうの紐(ひも)を結び終ると、

「気軽う受け取っておくれやす。わたしのお約束どしたけど、千重子さんからのお頼みの帯どす。わたしは、ただの、織工やとお思いやしとくれやす。」と、苗子に言った。「心をこめて、織らしてもらいましたけどな。」

苗子は秀男に、渡(わた)された帯の包みを、膝(ひざ)にのせられて、だまっていた。

「千重子さんは、小さい時から、きものを見なれといやすさかい、苗子さんにお送りやした、きものと、この帯も、きっと合います。さっきも言うたようどすけど……。」

「…………。」

二人の前の、清滝川の浅い流れの音が、ささやかに聞えた。秀男は両岸の杉山を見まわして、「杉の幹が、細工物みたいに、そろて立ってるのは、そうやろ思てましたけど、上の方の枝(えだ)の葉も、地味な花みたいどすな。」

苗子の顔は、うれいをおびた。父は木末(こずえ)の枝打(えだう)ちのうちに、捨てた赤子の、千重子に心をいためていたか、木末から、木末へ渡る時に、落ちたのに、ちがいなかろう。

その時、苗子も、千重子とおなじ赤子で、なにも知るはずはなかった。かなり生い立ってから、村の人に聞かせられた。

それでなお、千重子――じつは千重子という名も、その生き死にも、ふた子だから、姉か妹かであるかも、苗子は知らなかった。ただ、いちどだけでいい、会えるものなら、よそ目にも見たかったのだった。

苗子のみすぼらしい、小屋のような家は、今も、杉の村に荒れてある。娘が一人でいられないからだ。長いこと、杉山に働く中年夫婦と、小学校に通う少女とが、住んでいる。もちろん、家賃というほどのものはないし、取れるような家でもない。

ただ、小学校の少女が、ふしぎと花が好きで、この家に一つみごとな、金もくせいがあって、

「苗子おねえちゃん。」と、その手入れを、まれに、苗子のところへ聞きに来たりする。

「ほったらかしといて、ええの。」と、苗子は答える。しかし、その小家の前を通るとき、苗子は人より遠くから、もくせいの花の匂いが、来るように思える。それは、苗子にとって、むしろかなしみだ。

――苗子は秀男の帯をのせると、膝が重くなるようだった。いろいろのことで……。

「秀男さん、千重子さんのありかが知れたら、もう、あたしは、おつきあいせんようにしとおすね。きものと帯は、いちどだけ、身にしみていただきますけど……。おわかりやしとくれやすやろ。」と、苗子は心をこめた。

「はあ。」と、秀男は言った。「時代祭には、来とくれやすな。帯は、苗子さんがおしめやしたところを、見てもらいとおすけど、千重子さんは、誘わしまへん。お祭りの行列は、御所から出まっさかい、西の蛤御門のとこで、待たしてもろてます。そいで、よろしおすな。」

苗子はしばらく頬を薄赤らめていて、深くうなずいた。

向う岸の水ぎわに、葉が赤く色づいて、流れにうつりゆれている、小さい木があった。秀男は顔をあげて、

「あの、あざやかに紅葉してんのは、なんどすやろ。」

「うるしどす。」と、苗子は目をあげて、答えたはずみに、ふるえる手で、頭をまとめていたのが、どうしたのか、黒い髪がほどけて、背まで、ひろがり落ちた。

「まあ。」

苗子は赤くなって、髪をかきよせると、巻きあげて、ピンを口にくわえて刺したが、

そこらに、落ち散らばったらしいピンは、足りなかった。

秀男はその姿、また、そのしぐさを、美しいと見た。

「髪をのばしといやすのか。」と言った。

「はい。千重子さんかて、切っといやさしまへん。男の方にはわからんほど、上手に まとめといやすけど……。」と、苗子はあわてて、手ぬぐいをかぶって、「ごめんやすえ。」

「…………。」

「ここでは、杉の化粧をしたげて、あたしはお化粧なんて、せえしまへんえ。」

それでも、口紅だけは、薄くつけているようであった。秀男は、苗子がもう一度手ぬぐいを取って、長い黒髪をたれて、背にひらいて、見せてほしかったが、そうは言えなかった。苗子があわてて、かぶった手ぬぐいから、それを思った。

せまい谷あいの、西がわの山はだは、ほの暗くなりかかっていた。

「苗子さん、もう、帰らんといかんのどすやろな。」と、秀男は立ちあがった。

「今日のしごとは、もう終るころどすけど……。日がみじこなって。」

秀男は、谷の東の山のいただきの、真直ぐにならぶ、杉の幹のすきに、金色の夕焼けの色を見た。

「秀男さん、おおきに。ほんまにおおきに。」と、帯を軽くいただくようにして、苗子も立った。

「お礼お言いやすのやったら、千重子さんにどうぞ。」と、秀男は言ったが、この杉山の娘のために、帯を織ったよろこびは、秀男のなかに、あたたかく、ふくらんで来た。

「ひつこいようどすけど、時代祭には、きっとな。御所の西門、蛤御門どっせ。」

「はい。」と、苗子は深くうなずいた。「今まで、着たこともない、きものと帯で、恥ずかしいみたいどすけど……。」

十月二十二日の時代祭は、上賀茂神社、下賀茂神社の葵祭、祇園祭とともに、祭りの多い京でも、三大祭りの一つと言われている。平安神宮の祭りであるけれども、その行列は、京都御所から出る。

苗子は朝早くから落ちつかなくて、約束より半時間も前から、御所の西の御門、蛤御門のかげで、秀男を待っていた。男を待つのは、初めてである。

さいわい晴れて、あおい空だった。

平安神宮は、京に都がうつされて、千百年にあたる、明治二十八年にたてられたのだから、三つの大きい祭りのうちで、もっとも新しいのは、言うまでもない。しかし、京が都となったのを、ことほぐ祭りだから、千年の都風俗のうつり変りを、行列に現わして見せる。おのおのの時代の装いを現わすのに、その名になじみのある、人物を出すのだった。

たとえば、和宮、蓮月尼である。吉野太夫、出雲阿国である。淀君である。常磐御前、横笛、巴御前である。静御前である。小野小町である。紫式部であり、清少納言である。

また、大原女、桂女である。

遊女や、女役者、物売り女もまざっているので、女をまずあげてみたが、楠正成や、織田信長や、豊臣秀吉や、王朝の公卿や、武人の多いのは、もちろんである。

京の風俗絵巻のような行列は、かなり長い。

女が加えられたのは、昭和二十五年からだそうで、祭りを艶に、花やかにしている。行列の先頭は、明治維新ごろの勤王隊、丹波北桑田の山国隊で、後尾は延暦時代の文官たちが参朝の列である。平安神宮に帰りつくと、鳳輦の前で、祝詞をのべる。

行列は御所から出るし、また、御所の前の広場で見るのがいい。秀男が苗子を、御所へ誘ったのは、そのためであった。

苗子が御所の門のかげで、秀男を待っていても、人むれの出入りが多いから、目を向ける者もなかったが、中年の商家のおかみらしいのが、つかつか近づいて来て、

「お嬢（じょう）さん、ええ帯やこと。どこでお買いやした。おめしものにもよう似合うて……。ちょっと。」と、その人はさわりそうにして、「うしろのおたいこを見せてもらえしまへんやろか。」

苗子はうしろを向いて、

「へええ。」と、その人にながめられると、かえって、やや落ちついた。苗子はこのようなきものを着、このような帯をしめたことは、これまでになかったのである。

「待っとくれやしたか。」と、秀男が来た。

祭りの列の出る、御所に真近い席は、講社と観光協会に占（し）められていたが、それにつづく拝観席のうしろに、秀男と苗子は立った。

苗子はこんないい席が、はじめてで、秀男も新しい衣裳（いしょう）も、つい忘れがちに、行列をながめた。

しかし、ひょっと気がついて、

「秀男さん、なにを見といやすの。」

「松のみどりどす。そら、行列は見てまっせ。そやけど、松のみどりの背景で、行列

も引き立ちますわ。広々とした、御所の庭は、黒松どすやろ。大好きどす。」

「…………。」

「苗子さんも、横目で見てたけど、気いつかしまへんやろ。」

「いややわ。」と、苗子はうつ向いた。

秋深い姉妹

祭りのじつに多い京都で、千重子は、鞍馬の火祭りが、むしろ大文字よりも、好きであった。苗子もそう遠くないので、見に行ったことはあった。しかし、火祭りで、これまでに、もしすれちがっていても、おたがいに気がつかなかったのかもしれぬ。

鞍馬道から、参道の家々に、木の枝のしきりを設け、屋根に水を打っておいて、夜半から、大小さまざまの、松明をかざして、

「さいれや、さいりょう」と、となえながら、社にのぼる。炎はもえさかる。そして、二基の御輿が出ると、村（今は町）の女たちが総出で、御輿の綱をひく。終りに、大松明を献じて、祭りはほぼ明け方までつづく。

ところが、今年は、この名物の火祭りをやめた。倹約のためであるとかいう。竹伐り祭りは、いつもの通りあったが、「火祭り」は行われない。

北野天神の「ずいき祭り」も、今年はなかった。ずいきが不作で、ずいきの御輿をつくれなかったのだとかいう。

京都は、鹿ヶ谷の安楽寺の、「かぼちゃ供養」とか、蓮花寺の「きゅうりふうじ」とか、そんな行事も少くない。古都をあらわし、また、京都の人の一面を現わしているのであろうか。

近年、復活したのは、嵐山の川に竜頭の船を浮べての、迦陵頻迦と、上賀茂神社の庭の細い流れの、曲水の宴などだろうか。どちらも、王朝貴族の風流遊びである。

曲水の宴は、古い衣裳の人が岸に坐って、盃が流れて来るあいだに、歌なり、絵なり、なんなりを書いて、その自分の前に流れてきた盃を取りあげて、それを飲みほしては、また、つぎへ流す。童子が、世話をする。

去年からのもよおしで、千重子は見に行ったものだ。王朝公卿の先頭は、歌人の吉井勇だった。（その吉井勇は世を去って今はいない。）

もよおしは復活が新しいせいもあって、なじめないようである。

嵐山の迦陵頻迦は、千重子は今年も見なかった。やはり、ものさびたおもむきはなさそうに思えた。京都には、古色のある、もよおしが、見まわりきれないほどある。

――千重子は働きものの母のしげに育てられたせいか、千重子がそういうたちなのか、朝早くから起きて、格子などを、よくみがいていた。

「千重子さん、時代祭には、二人で、えらい、楽しそうやったな。」朝飯のかたづけをしたあとに、真一から電話だった。また、真一は千重子と苗子とを、人ちがいしているらしい。

「行っといやしたの。お声をかけとくれやしたらよろしいのに……。」と、千重子は肩(かた)をすくめた。

「そう思うたんやけど、兄にとめられましたさかい。」と、真一はこだわりなく言った。

人ちがいだと、千重子は答えためらっていた。しかし、真一の電話で、苗子が、千重子のおくった、きものを着、秀男の織った帯をしめて、時代祭に行ったのだろうと思えた。

苗子のつれは、秀男にちがいなかった。これは千重子に、とっさには、思いがけなかったが、すぐに、心がほのかに、あたたまって来た。ほほえみも浮んだ。

「千重子さん、千重子さん。」と、真一の電話は呼んだ。「なんで、だまってるの。」

「お電話をかけとくれやしたのは、真一さんやおへんの。」

「そやった、そやった。」と、真一は笑い出して、「今な、番頭はん、おいやすか。」

「いいえ、まだ……。」

「千重子さん、かぜひいてやへんやろな。」

「かぜ声に聞えますか。表へ出て、格子を拭いたりしたところどっせ。」

「さよか。」と、真一は受話器を振ってみているらしかった。

こんどは、千重子が明るく笑った。

真一は声を低めて、「この電話は、兄の呼び出しどすね。今、兄と代りまっさかい……。」

兄の竜助には、千重子は真一ほど気楽に話せない。

「千重子さん、番頭はんに、あたっておみやしたか。」と、竜助はいきなり言った。

「はい。」

「そら、えろおしたな。」と、竜助は強い声で、「えろおしたな。」と、くりかえした。

「母もかげで、小耳にはさんで、はらはらしてたみたいどした。」

「そうどすやろ。」

「あたしも、うちの商売を、少し見習いたいさかい、帳簿をみんな、見せとくれやす、言うたんどす。」

「ふうん、そら、よろしおした。お言やしただけでも、ちがいますわ。」

「そいから、金庫のなかの、貯金帳や、株券や、債券や、そんなもんも、みんな出させました。」

「そら、えらい。千重子さん、ほんまにえらい。」と、竜助は感にたえて、「千重子さんは、やさしいお嬢(じょう)さんやのに……。」

「竜助さんの、入(い)れ智慧(ぢえ)で……。」

「わたしの入れ智慧やのうて、近所の問屋さんに、妙(みょう)なうわさもありましたさかいに。千重子さんが、ようお言いやさへなんだら、父かわたしが行く、決心をしてたんです。そやけど、お嬢さんが、いちばんよろしおした。番頭はんの態度は変りましたやろ。」

「はい。なんとなく。」

「そうどすやろな。」と、竜助は電話で、長いことだまってしまって、「よろしおしたな。」


竜助が電話の向うで、また、なにかためらうけはいが、千重子につたわって来た。

「千重子さん、今日のひるから、お店へおうかがいさしてもろて、おさしつかえおへんやろか。」と、言った。「真一もいっしょに……。」

「さしつかえなんて、そんなぎょうさんなこと、あたしにあるはずあらしません。」

と、千重子は答えた。

「若いお嬢さんどっさかいな。」

「いややわ。」

「どうどすやろ。」と、竜助は笑いかけて、「番頭はんの、まだお店にいやはるころに、よせてもらいまっさ。わたしも、ちょっと、ひとにらみしたります。千重子さんは、なにも、お気にかけはることあらしまへんけど、番頭さんの顔色、見てやりますわ。」

「はあ？」と、千重子は、あとが出なかった。

竜助の店は、室町あたりの大問屋で、なかまにも、いろいろの力があった。竜助は大学院へ行っているが、店の重みは、おのずから、身についている。

「すっぽんも、そろそろ、よろしおすな。北野の大市に、席を取っときますから、お越しやしとくれやす。お父さんやお母さんまで、お誘いすんのは、生意気やさかい、千重子さんだけ……。うちは、お稚児さんをつれていきます。」

千重子は気をのまれて、

「はあ。」としか答えられなかった。

真一がお稚児さんとして、祇園祭の長刀鉾に乗ったのは、もう十年の上も前だが、兄の竜助は今でも、真一をからかい半分に、「お稚児さん」と、まれに呼ぶことがある。真一には、「お稚児さん」らしい、可愛さと、やさしさが、今も残っているせいもあったが……。

千重子は母に言った。「おひるから、竜助さんと真一さんとが、うちへ来とくれやす、お電話どした。」

「へええ?」母のしげも、少し思いがけなさそうである。

千重子は午後、奥二階にあがって、目立たぬようにだが、念入りの化粧をした。長い髪を、丹念にすいた。気に入った形に、よくまとまらない。着てゆくものにも、あれこれと迷うほど、かえってきまらない。

やっと、下へおりて来ると、父はどこかへ出かけていなかった。

千重子は奥の座敷に、炭火をととのえて、あたりを見まわした。狭い庭もながめた。もみじの大木の苔は、まだ、青々としているが、幹に宿った、二株のすみれの葉は、薄黄ばんでいた。

キリシタン灯籠のすその、さざん花の小さい木が、赤い花を開いていた。じつにあざやかな赤い色に見える。赤いばらなどよりも、千重子の心にしみる。

竜助と真一が来ると、千重子の母に、ていねいなあいさつをしてから、竜助ひとりは、帳場の番頭の前に、きちんと坐った。

番頭の植村は、あわてて帳場格子を出ると、竜助に改まった、あいさつをした。かなり長いあいさつである。竜助も受け答えはしていたものの、むっつりした顔は、くずさなかった。そのすげなさは、もちろん、植村にわかった。

なにを、学生の若僧(わかぞう)がと、植村は思いながら、竜助におさえられるのを、どうにもならない。

竜助は植村の言葉の切れめを待って、

「お店もおさかんで、結構ですな。」と、落ちついて言った。

「へえ、おおきに。おかげさんで。」

「佐田さんには、植村はんがおいやすさかいと、父たちも話しとります。多年の経験は、えらいもんやて……。」

「なにお言いやす。水木さんとこみたいな、大店(おおだな)とちごて、うちなんて、お話になりまへんどす。」

「いやいや。うちみたいなん、手をひろげてるばっかりどっしゃろ。京呉服(きょうごふく)の問屋やら、なんやら、雑物屋ですわ。わたしは、あんまり好かんのどす。植村はんのように、かっちり、しっかり、やってられるお店が減ってまいりますとな……。」

植村が答えようとするまに、竜助は立ちあがっていた。千重子と真一のいる、奥座敷の方へ行く、竜助のうしろ姿に、植村はにがい顔をした。帳簿などを、見たいと言った千重子と、今の竜助とには、裏のつながりのあることが、番頭には明らかだった。

奥座敷へ来た竜助の顔を、千重子は問うように見あげた。

「千重子さん、番頭はんに、ちょっと、釘を打たしてもらいました。千重子さんにすすめた、責任がありまっしゃろ。」

「…………。」

千重子はうつ向いて、竜助のために、薄茶を立てた。

「兄さん、もみじの幹の、すみれを見てみ。」と、真一は指さして、「二株、あるやろ。あの二株のすみれを、千重子さんは、なん年か前から、可愛い恋人と、見といやしたんやと……。近くにいながら、決していっしょになることは出来ん……。」

「ふうん。」

「女の子て、可愛いことを、考えはるもんやね。」

「いややわあ、恥ずかしいやないの、真一さん。」千重子は立て終った茶碗を、竜助の前に出す手が、こころもち、ふるえた。

北野六番町の、すっぽん屋、大市へ、三人は竜助の店の車で行った。大市は古風なかまえの、しにせで、旅行者にも、よく知られている。部屋も古びて、天井が低いようである。

すっぽんをにた、いわゆる、まるなべで、あとは雑炊にする。

千重子は身うちから、あたたまった上に、酔って来たようであった。

千重子は首まで、薄桃色に染まっていた。色白にきめのこまかい、なめらかに光るような、若々しい首の、色づいたのは、美しいものだった。眼になまめかしさが、出ていた。ときどき、ほおをなでてみた。

ひとしずくも、千重子は酒を口にしたことがない。ところが、まるなべの煮汁は、おおかた半分ほども、酒である。

表に車が待っているけれども、千重子は足もとが、よろめかないかと思った。しかし、浮き浮きはしていた。口が軽くなりそうである。

「真一さん。」と、千重子は話しいい、弟の方に言った。「時代祭に御所のお庭で、お見やした二人づれは、あたしやのうて、人ちがいどっせ。遠目どしたやろ。」

「かくさんでも、よろしやないか。」と、真一は笑った。

「なんにも、かくさしません。」

千重子は言い迷ったが、「じつは、あの娘、あたしのきょうだいどす。」

「ええ？」真一はけげんそうだった。

千重子は花どきの清水寺で、自分が捨子だったと、真一に話したことがある。それは、もちろん、真一の兄の竜助にも、伝わっているだろう。真一が兄に話さなくとも、店が近いから、それとなく、伝わっていると、思っていいかもしれない。

「真一さんが、御所のお庭でお見やしたのは……。」千重子は少しためらっていたが、「あたしは、ふた子で、その片方の娘どす。」

これは、真一も初耳である。

「…………。」

しばらく、三人はだまった。

「あたしの方が、捨てられたんどす。」

「…………。」

「それ、ほんまなら、うちの店の前へ、捨てとくれやしたらよかったのに……。ほんまに、うちの前へ捨てとくれやしたらよかったのに。」と、竜助は二度、心がこもったように、くりかえして言った。

「兄さん。」と、真一は笑った。「今の千重子さんとちがう。生れたばっかりの、赤んぼやったんやで。」

「赤んぼでも、ええやないか。」と、竜助は言った。

「そら、兄さんは、今の千重子さんを見て、そんなこと言うんやろ。」

「いいや。」

「佐田さんが、それは、だいじにだいじに、可愛がって、育てはった。それが、今の千重子さんや。」と、真一は言った。「そのときは、まだ、兄さんかて、ちっちゃい子どもやった。ちっちゃい子どもに、赤んぼが育てられるか。」

「育てられる。」と、竜助は強く答えた。

「ふうん。兄さんの、いつもの、きつい自信や。負け惜しみや。」

「そうかもしれんけど、赤んぼの千重子さんを、育てたかった。うちの母親かて、きっと助けてくれたやろ。」

千重子は酒がさめて、額が白くなってきた。


秋の北野おどりは、半月つづく。それの終る前の日に、佐田太吉郎は一人で出かけた。茶屋から来た、入場券は、もちろん、一枚ではないが、太吉郎はだれも、誘う気が起きなかった。踊りの帰りに、なん人かの連れと、茶屋で遊ぶのは、むしろ、面倒くさくなっていた。

おどりの前に、太吉郎は浮かぬ顔で、茶席へあがって行った。今日当番で、腰かけて、点前をしている芸者も、太吉郎はなじみがなかった。

その横に、少女が七八人、立ってならんでいた。お運びの手つだいであろう。そろいの、とき色の振袖を着ている。

そのまんなかの少女一人だけは、青い振袖を着ていた。

「おや。」と、太吉郎は声を出しそうだった。きれいに化粧しているが、あの「チンチン電車」に、この色町のおかみにつれられて、太吉郎と乗り合せた、あの少女ではないか。——一人だけ、青いきものなのも、なにかの当番なのかもしれない。

その青衣の少女が、太吉郎の前へ、薄茶を運んで来てくれた。もちろん、つんとすまして、にこりともしない。作法通りである。

しかし、太吉郎は心が、軽くなったようだった。

おどりは「虞美人草図絵」という、八景の舞踊劇である。中国の項羽と虞姫との、よく知られた、悲劇である。ところが、虞姫が、剣で胸を突き、項羽に抱かれて、望郷の楚歌を聞きながら死に、項羽も戦い死ぬと、次の場は、日本に移って、熊谷直実と、平敦盛と、玉織姫の話になる。敦盛を討った、熊谷が無常を感じて、出家してのち、古戦場をとむらうと、敦盛塚のまわりに、虞美人草が、咲きみだれている。笛しいという。

の音が聞える。そして、敦盛の霊があらわれて、青葉の笛を、黒谷の寺に納めてほしいと頼み、玉織姫の霊は、塚のほとりの、虞美人草の、赤い花々を、仏にそなえてほしいという。

この舞踊劇のあとに、もう一つ、にぎやかな新舞踊の「北野風流」がある。上七軒は、祇園の井上流の舞とちがって、花柳流である。

太吉郎は北野会館を出てから、古めかしい茶屋に寄った。ぼそっと坐っているので、

「だれぞお呼びやしたら。」と、お茶屋のおかみが言った。

「ふん。舌をかんだ、あの妓な。――それから、青いきものの、お運びの子は？」

「チンチン電車の……。さあ、ほんの、ごあいさつだけどしたら、よろしおっしゃろな。」

芸者が来るまでに、太吉郎は飲んでいたので、わざと立って出た。芸者がつきそって来たのに、「今でも、かむか。」

「よう、おぼえといやすな。かましまへんさかい、出しとおみやす。」

「こわいわ。」

「ほんまに、かましまへん。」

太吉郎は出してみた。あたたかく、やわらかいなかにすわれた。

太吉郎は女の背を、軽くたたいて、

「あんた、堕落(だらく)したな。」

「これ、堕落どすか。」

太吉郎はうがいをして、口を洗いたかった。しかし、芸者がそばに立っているので、そうもならない。

ずいぶんと思いきった、芸者のいたずらであった。芸者にしても、とっさのことで、意味はなかったのだろう。太吉郎はこの若い芸者が、きらいではない。きたないとは思わなかった。

座敷(ざしき)へもどろうとする太吉郎を、芸者はつかまえて、

「待っとくれやす。」

そして、はんかちを出すと、太吉郎のくちびるを、拭(ふ)いてくれた。はんかちに、口紅がついた。芸者は太吉郎の顔の前に、顔を近づけて、ながめながら、

「はい、これでよろしおすやろ。」

「おおきに……。」と、太吉郎は芸者の両の肩(かた)に、軽く手をおいた。

芸者は、自分のくちびるを、なおすため、手洗いの鏡の前に残った。

太吉郎が座敷に帰ると、だれもいなかった。少しさめた酒を、二三杯、口をすぐように飲んだ。

それでも、芸者の匂いか、芸者の香水の匂いかが、どこかに、移っているようだった。太吉郎はほのかに若やいでいた。

芸者の不意のたわむれだったにしろ、自分はすげなかったかと思った。若い女と遊んだことが、長いあいだ、なかったせいだろうか。

この二十そこそこの芸者は、非常におもしろい、女なのかもしれぬ。

おかみが、少女をつれて、はいって来た。青い振袖のままである。

「おのぞみやさかい、ほんのごあいさつだけて言うて、頼んだんどっせ。この通り、年が年どっしゃろ。」と、おかみは言った。

太吉郎は少女を見て、「さっきは、お茶を……。」

「はい。」お茶屋の子だから、はにかみはしないで、「うち、あのおじさんや思うて、お運びしたんどす。」

「ほう、そら、おおきに。おぼえててくれたの？」

「おぼえてます。」

芸者ももどって来た。おかみは芸者に、

「佐田はんは、このちいちゃんが、えらいお気に入りどすね。」

「へええ？」と、芸者は太吉郎の顔を見ながら、「お目が高おすけど、まだ、三年ほど、お待ちやさんとな。それに、ちいちゃんは来年の春から、先斗町へいかはんのどす。」

「先斗町？　なんで。」

「舞子はんになりたいのどすて。舞子はんの姿に、あこがれる、いうのどすか。」

「ふうん？　舞子さんなら、祇園がええやないの？」

「先斗町に、ちいちゃんの伯母さんが、いやはんのどす、そやさかい。」

この少女は、どこへ行っても、一流の舞子になるだろうと、太吉郎はながめていた。

西陣の着尺織物工業組合では、十一月の十二日から、十九日までの八日間、すべての機をとめるという、思いきった、ついぞない、処置を取った。十二日と十九日とは、日曜日なのだから、じつは、六日間を休んだのだった。

そのわけは、いろいろだが、一口に言って、もちろん、経済上のことである。つまり、生産しすぎて、在庫品が三十万反ほどにも、のぼっていた。それをさばき、また、取引の改善を、はかろうとするためであった。近ごろ、金繰り難の、強まったせいもあった。

昨年の秋から、今年の春にかけて、西陣着尺の買いつぎ商社が、つづいて倒れたりもしていたのである。

八日間の機休みで、おおかた、八九万反の減産になったという。しかし、そのあとの結果はよくて、まず、成功したらしかった。

それにしても、西陣の機屋町、ことに、横町を、一見しただけでも、わかる通りに、零細な家庭しごとの多い機屋が、よく、この統制に、したがったものである。

古びた瓦屋根の、深いひさしの、小家が、伏しならんでいる。二階があっても、低い。露地のような横町は、さらにごたごたして、機の音まで、薄くらがりから、聞えるようだ。自機でなく、賃機屋もあるのだろう。

しかし、「休機除外」の申出では、三十件あまりしかなかったという。

秀男のうちは、着尺でなく、帯を織っている。高機三台で、もちろん、昼も電灯をつかっているが、まあ、機場は明るい方で、裏に空地もある。しかし、粗末でわずかな台所道具、家の者が休んだり、寝たりするのは、どこにあるのかと思うくらいだ。

秀男はしんが強く、しごとの才能もめぐまれ、それにともなう熱意もある。しかし、高機の細い板に、腰かけて、織りつづけだから、しりに長いあざが、できているかもしれない。

苗子を誘って、時代祭を見に行った時に、いろんな時代の装いの行列よりも、その背景の、広々とした、御所の松のみどりにひかれたのは、日々の暮しから、解き放たれたせいでもあったろうか。狭い谷間でも、山にはたらく苗子には、気のつくことではなかったが……。

もっとも、秀男は時代祭に、自分の織った帯を、苗子がしめて来てくれてからは、しごとに、いっそう、はげみがついていた。

千重子は大市へ、竜助、真一の兄弟と行ってから、はげしい苦しみというほどではないにしても、心をよそにうしなうような時があって、気がつくと、やはりそれは、なやみのためのようであった。

京都は十二月十三日の「事始め」もすみ、ここの冬らしく、変りやすい天気にはいって来た。晴れながら、しぐれが日光に光り、ときには、みぞれもまじった。すぐに晴れ、また、すぐに曇った。

十二月十三日の「事始め」、この日から、京都では、正月の支度はとにかく、歳暮の贈答が、はじまる習わしである。

それのりちぎに、守られているのは、やはり、祇園などの、色町である。芸妓、舞子などが、日ごろ世話になっている、お茶屋、歌舞音曲の師匠の家、姉さん芸者のところなどに、おとこしが、鏡もちを、くばって歩く。

そのあとで、舞子たちが、あいさつにまわって、

「おめでとうさん。」と言う。この一年間を、無事に送らせていただきました、来年も、また、どうぞ、ごひいきにという、意味である。

この日は、いつにもまして、着かざった芸妓、舞子のゆきかいに、少し早目の年の暮れが、祇園あたりを、色花やかにする。

千重子の店などは、そんな花やかさはない。

千重子は、朝飯をすませると、ひとりで、奥二階へあがった。手軽な朝化粧のためである。しかし、手がうっかり、おるすになっている。

千重子は北野のすっぽん屋での、竜助のはげしい言葉が、胸をゆきぎしている。赤んぼの千重子が、竜助の家の前に、捨てられていたらよかったなどとは、かなり強い言い方ではなかろうか。

竜助の弟の真一は、千重子のおさななじみで、高等学校までの友だちであるし、気立てもやさしいし、千重子を好いていてくれると知っていても、竜助みたいに、千重

子の息のとまるようなことを言いはしなかった。気やすく遊べるのだった。

千重子は、長い髪（かみ）を、よくすいて、うしろにたらして、下へおりて来た。

朝飯が終るか、終らないうちに、北山杉（きたやますぎ）の村（町）の苗子から、千重子に電話がかかって来た。

「お嬢（じょう）さんどすな。」と、苗子は念を押（お）して、「千重子さんにお会いして、お聞きしてもらいたいことが、じつは、できたんどす。」

「苗子さん、なつかしいわ……、明日はどう？」と、千重子は答えた。

「あたしの方は、いつでも……。」

「店へ来とくれやすな。」

「お店へいくのは、かんにんしとくれやす。」

「苗子さんのことは、母に話して、お父さんも知っといやすさかい。」

「店員さんやなんか、おいやすやろ。」

「…………。」千重子はしばらく考えたが、「それなら、苗子さんの村へ、あたしが行きます。」

「寒うおっせ。うれしおすけど……。」

「杉も見たいし……。」

「そうどすか。寒い上に、しぐれるかもしれまへんさかい、そのお支度もして来とくれやすな。たき火は、なんぼでも、でけますけど。あたしは、すぐわかるように、道ばたで、働いてます。」と、苗子は明るく答えた。

冬の花

千重子がスラックスをはき、厚いセエタアを着るなどは、ついぞ、ないことだった。厚い靴下も派手だった。

父の太吉郎が、うちにいたので、千重子は前に坐って、あいさつをした。太吉郎は、千重子のめずらしい姿に、目を見はって、

「山歩きか。」

「はい……。北山杉の子が、なんや、あたしに話があるさかい、会いたい言うて……。」

「そうか。」と、太吉郎はためらう風もなく、「千重子。」

「はい。」

「その子にな、なにか、苦しいこと、困ったことが、できたんやったら、うちへつれといで……。引き取るわ。」

千重子はうつ向いた。

「ええな。娘が二人になって、わたしも、ばあさんも、にぎやかや。」

「お父さん、おおきに。お父さん、おおきに。」と、千重子は腰を折った。あたたかい涙が、ももにしみて来た。

「千重子は、乳のみ子のときから、育ててきて、目に入れても痛うないほど可愛いけど、その娘さんも、なるべく、わけへだてのないようにする。千重子ににて、きっと、ええ娘さんやろ。つれといでや。二十年も前は、ふた子をいやがったりしたもんやけど、今はなんでもあらへん。」と、父は言って、

「しげ、しげ。」と、妻を呼んだ。

「お父さん、千重子は身にしみて、ありがとおすけど、その子、苗子は、決してうちへは来やしまへん。」と、千重子は言った。

「それはまた、なんでや。」

「千重子のしあわせに、みじんも、さわりとない思うてるのとちがいますか。」

「なんで、さわることになるね。」

「…………。」

「なんで、さわることになるのやろ。」と、父は重ねて言って、小首をかしげた。

「今日かて、お父さんもお母さんも、ごぞんじやさかい、店へ来とくれやす言うたん

どす。」と、千重子は少し涙声で、「店員さんたちや、ご近所に、気がねして……。」

「店員がなんや。」と、つい太吉郎は、大きな声を出した。

「お父さんの言うとくれやすことは、ようわかってますけど、今日はまあ、あたしの方から、いって来てみます。」

「そうか。」と、父はうなずいて、「気いつけてな……。それから、今、お父さんの言うたこと、その、苗子さんいう子に、千重子からつたえてええで。」

「はい。」

千重子は、レイン・コオトにフウドをつけた。靴もゴムの雨靴にした。

朝の中京（なかぎょう）の空は、よく晴れていたのに、いつか曇（くも）り、北山はしぐれているのかもしれなかった。町なかからも、そのような色に見える。これが京都のやさしい小山のむれでなければ、雪もよいともながめられようか。

千重子は国鉄のバスに乗った。

北山杉の中川北山町には、国鉄と市と、二つのバスが通っている。市バスは、京都市（ひろげられた）の、北はずれの峠（とうげ）までで、引き返すらしいが、国鉄のバスは、遠く福井県の小浜（おばま）まで、のびている。

小浜は小浜湾の岸べ、さらに、若狭湾から、日本海にひらけている。

冬のせいか、バスの客は多くない。

二人づれの若い男が、千重子を、鋭く見つめていた。千重子は薄気味悪くなって、フウドをかぶった。

「お嬢さん、お願いや。そんなもんで、かくさんといとくれやす。」と、その男は、若いににあわない、しゃがれ声だった。

「こらっ、だまっとれ。」と、隣りの男が言った。

千重子に頼んだ男には、手錠がかかっていた。なんの罪人か。隣りの男は、刑事なのだろうか。奥の山を越えてどこへ、護送してゆくのだろうか。

千重子は、フウドを取って、顔を見せてやるわけにもゆかない。

車は高雄に来ていた。

「高雄は、どこへいてしもたんどっしゃろ。」と、言う客があった。そう見えぬでもない。もみじの葉は、ことごとく落ちつくして、木末のこまかい小枝に、冬があった。

栂尾の下の、駐車場にも、車はまったくなかった。

苗子は働き着で、菩提の滝の停留所まで、千重子を迎えに出て待っていた。

千重子のいでたちに、ほんのつかのま、見わけかねたが、

「お嬢さん、よう、来とおくれやした。ほんまに、よう、山奥へ、おこしやしとくれやした。」

「そない、山奥やあらしまへん。」と、千重子は手袋のまま、苗子の両の手を握って、

「うれしいわあ。夏からやもん。夏は、杉山で、おおきに。」

「あんなん、なんでもおへん。」と、苗子は言った。「そやけど、あのとき、二人の上に、ひょっと、雷が落ちたら、どうどしたやろ。あたしは、そいでも、うれしおしたけど……。」

「苗子さん。」と、千重子は道を歩きながら、「うちへ、電話おくれやしたの、よくよくのことどっしゃろ。それを、先きに聞かしてもらわな、落ちついて、お話もできしまへんやないか。」

「…………。」苗子も働き着で、手ぬぐいをかぶっていた。

「なんどしたの。」と、千重子は重ねてたずねた。

「じつは、秀男さんが、結婚してほしい、お言いやして、それで……。」と、苗子はよろけたのか、千重子につかまった。

よろめいた苗子を、千重子は抱いた。

日ごと、働いている、苗子のからだは、かたく身がはいっていた。――夏の雷のときは、千重子はおそろしくて、そんなことはわからなかったのであった。

苗子は、すぐに、しゃんとなっていたが、千重子に抱かれているのが、うれしいのだろう。もう、いいとは言わなかった。むしろ、千重子にもたれかかるようにして、歩いた。

苗子を抱いた千重子が、そのうちに、苗子に多く、よりかかるようになっていた。

しかし、二人の娘は、そんなことには、気がつかなかった。

千重子はフウドのなかから、「苗子さん、それで、秀男さんに、なんて、お答えしやはったの?」

「お返事……?　なんぼ、あたしかて、そう即座に、お返事はでけんことどすやろ。」

「…………。」

「千重子さんとの人ちがい――今はもう人ちがいとちがいますけど、秀男さんの胸の底の底には、深う、千重子さんがはいっといのやすのやろ。」

「そんなこと、あらしまへん。」

「いいえ、苗子には、それが、ようわかって、人ちがいやのうても、千重子さんの身代り結婚どすわ。秀男さんはあたしに、千重子さんの幻を見といやすのどっしゃろ。

それが第一……。」と、苗子は言った。

――春のチュウリップの盛りに、植物園の帰りの、加茂の堤で、秀男は千重子の、むこにどうやろと言って、父が母にたしなめられたのを、千重子は思い出した。

「第二に、秀男さんとこは、帯の織屋はんどっしゃろ。」と、苗子は強く言った。「そんなことで、千重子さんのお店と、もし、あたしにもつながりがでけて、千重子さんに、めいわくがかかったり、まわりから妙な目で見られたら、あたしは、死んでも、おわびがかないまへん。もっと、もっと、山奥へかくれてしまいたいのどすけど……。」

「そんなこと、思といやすの？」と、千重子は苗子の肩をゆすぶった。「今日かて、苗子さんのとこへいくて、ちゃんと、父にことわって、出て来たんどっせ。母もよう知ってます。」

「…………。」

「父はなんて言うた、お思いやす。」と、千重子はいっそう強く、苗子の肩をゆすぶった。

「その苗子という子に、もし、苦しいこととか、つらいことが、できたんやったら、うちへつれといで……。あたしは、父の嫡子の籍にはいってますけど、でけるだけ、その子も、わけへだてせえへんさかいにな。千重子ひとりでは、さびしいやろ。」

「…………。」苗子はかぶった、手ぬぐいを取って、

「おおきに。」と、顔をおさえた。「心の底にしみて、おおきに。」しばらくは、ものも言えなかった。「あたしかて、そら、身よりも、ほんまの頼りもないさかい、さびしおすけど、忘れて働いてまっさかい。」

千重子は、軽めるために言った。

「かんじんの、秀男さんのことは……？」

「そんな返事、さっそくには、でけしまへん。」と、苗子は涙声で、千重子を見た。

「それ貸して。」と、千重子は苗子の手ぬぐいで、「そんな半泣き顔で、村へ行くの……。」と、苗子の、眼のふちや、顔をふいた。

「かましまへん。あたしは気が強うて、人一倍働きますのやけど、泣虫どすさかい。」

そして、千重子が苗子の顔をふくと、苗子は千重子の胸に、顔をおしつけて、かえって、よけいに、しゃくりあげた。

「困るやないの。苗子さん。さびしいの。やめて。」と、千重子は苗子の背を軽くたたいて、「そない泣くのやったら、うちもう帰るわ。」

「いやや。いややわ。」と、苗子はびくっとした。そして、千重子の手にある、自分の日本手ぬぐいを取って、顔を強くこすった。

冬だから、わからない。ただ、白眼が少し薄赤いだけになった。苗子は手ぬぐいを、深くかぶった。

二人はしばらく、だまって歩いた。

北山杉は、じつにこずえの方まで、枝打ちしてあって、千重子には、木末に少し、まるく残した葉が、青い地味な冬の花と見えた。

もう、いいと思って、千重子は苗子に言った。

「秀男さんは、自分でお描きやす、帯の図案もええし、織りもかっちりしといやすし、まじめやわ。」

「はい。よう、わかってます。」と、苗子は答えた。「時代祭に、誘うとくれやしたときかて、秀男さんは、時世よそおいの行列よりも、背景の御所の松のみどりや、東山の色のうつり変るのを、見てはるようどした。」

「秀男さんには、時代祭の行列が、めずらしないさかい……。」

「いいえ、それとはちがうようどした。」と、苗子は力をこめた。

「………。」

「行列の通ったあとで、おうちへ、ぜひお寄りお言いやして。」

「うちて、秀男さんのうち？」

「はい。」

千重子はいささかおどろいた。

「弟さんも、二人おいやすな。裏の空地を案内しとくれやして、わたしたち二人になったら、ここへ小屋みたいなん立てて、なるべく、自分の好きなのだけ、織らしてもらう言うといやした。」

「ええやないの。」

「ええて——？　秀男さんは、お嬢さんの幻として、苗子と結婚したい、お思いやしたんどす。娘のあたしには、はっきりわかります。」と、また苗子はくりかえした。

千重子はなんと答えていいのか、迷いながら歩いた。

狭い谷のまた横の小さい谷に、杉丸太を洗っていた女たちが、車座に休み、手足をあたためる、たき火の煙が、あがっていた。

苗子は自分の家の前へ来た。家というよりも、小屋であろう。手入れもおこたった、わら屋根は、かたむいて、波打っている。ただ、山家のことで、庭は少しあって、かってにのびたような南天の高い木に、赤い実がついている。その七八本の南天の幹も、入りみだれている。

　しかし、このみじめな家は、千重子の家でもあるのかもしれない。
その横を通るとき、苗子の薄涙（うすなみだ）は、かわいてしまった。千重子にこの家と言ったがいいのか。言わないのがいいのか。千重子は母のさとに生れたので、おそらく、この家にいたことはあるまい。苗子さえも、赤んぼのときに、父に先き立たれ、母をうしなったので、この家に、しばらくでもいたのか、いなかったのか、さだかなおぼえがないほどだ。

　さいわい、千重子は、そんな家など、目につかなくて、杉山を見あげ、杉丸太をならべたのをながめて、通り過ぎた。苗子は家のことにふれないですんだ。

　じつに真直（まっす）ぐな幹の木末に、少し円く残した杉葉を、千重子は、「冬の花」と思うと、ほんとうに冬の花である。

　たいていの家は、軒端（のきば）と二階とに、皮をむき、洗いみがきあげた、杉丸太を、一列にならべて、ほしている。その白い丸太を、きちょうめんに、根もとをととのえて、ならべ立てている。それだけでも、美しい。どのような壁（かべ）よりも、美しいかもしれない。

杉山も、根もと下草が枯れて、真直ぐな、そして、太さのそろった幹は、美しい。少しまだらな幹のあいだからは、空がのぞけるところもある。

「冬の方が、きれいやないの。」と、千重子は言った。

「そうどすやろか。いつも見なれていて、わからしまへんけど、やっぱり冬は、杉の葉が、ちょっと、薄いすすき色になんのとちがいますか。」

「それが、花みたいや。」

「花。花どすか。」と、苗子は思いがけないように、杉山を見上げた。

しばらく歩くと、ここの大きい、山持ちなのだろうか。古雅な家があった。やや低いへいの、下半分は板張りの、べにがら塗りで、上半分が白壁になっていて、瓦の小屋根がついている。

千重子は立ちどまって、「ええ、おうちやな。」

「お嬢さん、あたし、このおうちに、いさしてもろてるのどす。なかへはいって、お見やしたら。」

「…………。」

「かましまへん。もう、十年近くも、おいてもろてまっさかい。」と、苗子は言った。

千重子は、秀男が、千重子の身代りというよりも、幻として、苗子と結婚したいのだろうと、苗子から、二度も、三度も、聞かせられた。

「身代り」というのならば、もちろんわかる。しかし「幻」とは、いったいなんだろう。――とくに、結婚の相手としては……。

「苗子さん、幻、幻おいいやすけど、幻てなんどすね。」と、千重子はきびしく言った。

「…………。」

「幻に、手でさわれる、形はあらしまへんやないの。」と、千重子はつづけて、不意に顔をそめた。顔ばかりではなく、おそらく、どこも自分と、そっくりの苗子が、男のものになる。

「そやけど、形のない幻が、こおおすやろ。」と、苗子は答えた。「幻は、男のひとの心にあるか胸にあるか、もっと、ほかにも、あらわれるかわからしまへんやろ。」

「…………。」

「苗子が六十のおばあさんになったかて、幻の千重子さんは、やっぱり、今のお若さやおへんか。」

千重子には、思いがけない、言葉だった。

「そんなことまで、考えてはったの。」

「きれいな幻には、いやになる時が、おへんやろ。」

「そうとも、限らしまへん。」と、千重子は、やっと言った。

「幻を、けったり、踏んだり、でけしまへん。自分が、ひっくりかえるだけやおへんか。」

「ふうん。」千重子は苗子にも、妬みがあると見たが、「ほんまに、幻なんて、あんのどすか。」

「ここに……。」と、苗子は千重子の胸を、ゆすぶった。

「うちは幻やおへん。苗子さんと、ふた子どす。」

「…………。」

「そんなら、苗子さんは、あたしの幽霊とでも、きょうだいにおなりやすか？」

「いややわ。そら、この千重子さんどす。そやけど、ただ、秀男さんにかぎって……。」

「思いすごしどすわ。」そう言うと、千重子は、ややうつ向いて、しばらく歩いたが、

「いっぺん、三人で、得心のいくまで、話しおうたらどうどす。」

「話なんて――本心のときもおすし、そやないときもおすし……。」

「苗子さん、疑い深いの？」

「そやおへんけど、あたしにも、娘の心はおすさかい……。」

「……。」

「周山の方から、北山しぐれが来ましたんやろ。山の上の杉も……。」

千重子は目をあげた。

「早う、お帰りやす。みぞれまじりになりそうどっせ。」

「ひょっとしたら思うて、雨装束で来ましたさかい。」

千重子は片方の手袋を取ってみせて、「この手、お嬢さんやあらしまへんやろ。」

苗子はおどろいて、自分の両手で、千重子のその手をつつんだ。

しぐれは、千重子の知らぬうちに、来ていたのだろう。この村の苗子も、気がつかなかったのかもしれぬ。小雨とはちがう。霧雨ともちがう。

千重子は、苗子に言われて、四方の山を見上げた。冷たく、かすんでいるようだ。ふもとの杉の幹の林立が、かえって、はっきりするようだ。

そのうちに、小山の群れが、もやにつつまれたように、けじめを失ってゆく。春のかすみとは、もちろん、空からしてちがう。この方が、むしろ、京都らしいと言えようか。

足もとに、目をやると、少うしめっている。

そのうちに、山々は薄い灰色につつまれる。もやにつつまれてくるようだ。

それが、やがてこく、山かいを流れておりて来て、白いものも少しまじる。みぞれになった。

「早う、お帰りやす。」と、苗子が千重子に言ったのは、この白いものが、目についたからである。雪とは言えない。みぞれ、しかし、白いものは消えたり、また、加わったりする。

谷間は時間にしては、薄暗くなった。急に冷えても来た。

千重子も京の娘だから、北山しぐれは、めずらしくない。

「つめたい幻のようにならへんうちに……。」と、苗子は言った。

「また、幻……？」と、千重子は笑った。「雨具で来てますさかい……。冬の京は、お天気がよう変って、また、やみますやろ。」

苗子は空を見あげて、「今日はお帰りやす。」と、千重子が手袋をぬいでみせた、片手をかたく握った。

「苗子さん、ほんまに、結婚を考えといやしたの。」と、千重子は言った。

「ほんの、ちょっとだけ……。」と、苗子は答えた。そして、千重子の片方の手袋を、いかにも、愛をこめてはめてくれた。

そのあいだに、千重子は言った。

「うちの店へ、一度、おいでやす。」

「………。」

「おいでやす。」

「………。」

「店員が帰ってしもたあとで。」

「夜どすか。」と、苗子はびっくりした。

「お泊りやす。父も母も、苗子さんのことは、よう知ってまっさかい。」

苗子は目によろこびを浮べながら、しかし、ためらった。

「せめて、一夜だけでも、苗子さんと、いっしょに、寝てみとおす。」

苗子は道端に、向う向いて、千重子にわからぬように、涙をこぼした。千重子に、わからぬはずはない。

千重子が室町の店に帰ると、そのあたりの町なかは、曇っているだけだった。

「千重子、ええ時に、お帰りやしたな、降る前に。」と、母のしげは言った。

「お父さんも、奥で待っといやす。」

父の太吉郎は、千重子の帰った、あいさつを、よく聞き終らぬうちに、

「なんやった、千重子、その子の話。」と、乗り出すようにたずねた。

「はい。」

千重子はなんと答えていいかに迷った。言葉短かに、明らかに、説明することは、むずかしい。

「なんやった。」父は重ねてたずねた。

「はい。」

千重子自身にも、苗子の話は、わかるのだけれども、わからないようなところもある。――秀男は、じつは、千重子と結婚したいのだ。それを、およばぬこととあきらめて、千重子にそっくりの苗子に、結婚したいと言った。苗子の娘ごころは、それをさとく感づいた。そして、妙な「幻の論」を、千重子に語った。秀男は千重子がほしいところを、苗子で辛抱しようとするのだろうか。これは、まんざら、うぬぼれではないと、千重子は思う。

しかし、そうばかりではないのかもしれない。

千重子は、父の顔がまともに見られなくて、首筋にまで、はにかみが出そうであった。

「その、苗子とかいう子は、ただ、無性に、千重子と会いたくなったんか。」と、父は言った。

「はい。」千重子は思いきって、顔をあげて、「大友はんの秀男さんが、苗子と結婚したい言わはったらしいのどす。」千重子の声は、少しふるえた。

「ふうん？」

父は千重子を、うかがって、しばらくだまっていた。なにかを、見通したようだった。しかし、それは、口には出さないで、

「そうか。秀男さんと……？　大友はんの秀男さんなら、ええわ。ほんまに、縁は異なものや。これも、千重子のせいやろけどな。」

「お父さん。でも、あの子は、秀男さんと結婚しやへんと、千重子は思います。」

「え、なんで？」

「………。」

「なんでや？　わたしはええと思うけど……。」

「ええ、悪いやのうて、お父さん、おぼえといやすか。植物園で、千重子の相手に、

秀男さんはどうやろ、お言いやしたやろ。それが、娘のあの子には、わかりまっさかい。」

「へええ、どうしてやろ。」

「それから、帯の織屋はんの秀男さんとこと、うちの店とは、少しでも、取引があるやろと、あの子は思うらしいのどす。」

父は胸にひびいて、だまりこんだ。

「お父さん、一晩だけでよろしいさかい、あの子を、うちに泊めてやっとくれやす。千重子のお願いどす。」

「ええとも。なんや、そんなこと……。わたしは、引き取ってもええ、言うたくらいやないか。」

「それは、決して来やしまへん。一晩だけ……。」

父は千重子を、あわれむように見た。

母が雨戸をくる音が聞えた。

「お父さん、手つどうてきます。」と、千重子は立ちあがった。

音のないような、しぐれの音が、瓦屋根（かわらやね）にあった。父は身動きもしないで、坐（すわ）っていた。

水木竜助、真一兄弟の父に、太吉郎は、円山公園の左阿弥へ、夕飯に招かれた。冬の短い日だから、高みの座敷から見おろす町は、明りがついている。空は灰色で、夕焼けはない。町もともし火は別として、そのような色である。京の冬の色である。

竜助の父は、室町の大きい問屋を、さかえさせている、主人として、強く確かな人柄なのだが、今日はものが言いにくそうであった。なにかためらって、つまらぬ、うわさ話などに、時をついやした。

「じつは……。」と、切り出したのは、少し酒のいきおいを、借りてからであった。むしろ、優柔で、いわば、おいおい厭世に沈みがちな、太吉郎の方が、水木の話に、ほぼ見当がついているほどであった。

「じつは……。」と、水木はまた口ごもるように、「お嬢さんから、猪武者の竜助のことを、聞いとくれやしたか。」

「はあ。わたしとしては、ふがいないことどすけど、竜助さんの御好意は、ようわかっとります。」

「そうどすか。」と、水木は気が楽になったらしく、「あいつは、わたしの若い時に似よったんか、一度言い出したら、だれがなんととめても、聞きよらしまへんのどす。

困ってしもて……。」

「うちは、ありがたい思うとります。」

「そうどすか。そう、おっしゃっとくれやすと、わたしも、胸をなでおろします。」と、水木はほんとうに、胸をなでおろした。「かんにんしてやっとくれやす。」と、ていねいなおじぎをした。

太吉郎の店が、傾いてきているにしても、ほぼ同業の、しかも、ほんの若者が、手つだいに来るというのは、一つのはずかしめである。見習いにゆくというのなら、二つの店の格から、むしろ、逆である。

「うちには、ありがたいことどすけど……。」と、太吉郎は言った。「お店の方は、竜助さんがおいやさへんと、お困りどすやろに……。」

「なあに。竜助は、商売を少し見聞きしてるだけで、よう知らへんのどす。親からいうのは、なんどすが、しっかりはしとりますけど……。」

「はあ、うちの店へ来て、いきなり、番頭の前に、きびしいお顔で、お坐りやしたのには、びっくりしました。」

「そういうやつどすわ。」と、水木は言って、また、酒をだまって飲みつづけた。

「佐田はん。」

「はあ。」

「竜助が、お店へ、毎日でのうても、お手つだいにいてくれると、弟の真一も、だんだんしっかりしてくれまっしゃろし、わたしの方も、助かります。真一はやさしい子で、竜助から、今でも、なにかあると『お稚児（ちご）さん』いうて、ひやかされて、それが一番、いやなことらしいでっさかい……。祇園祭（ぎおんまつり）の鉾（ほこ）に乗せられましたやろ。」

「おきれいどすさかい。うちの千重子と、幼な友だちで……。」

「その千重子さんどすが……。」と、水木は、また、言葉につまった。

「その、千重子さんどすが……。」と、水木はくりかえして、まるで、怒（おこ）るような口調で、「なんで、あないにきれいな、ええお嬢さんが、おできやしたんどす。」

「親の力やござりまへん。あの子が、そうなったんどす。」と、太吉郎は真直（まっす）ぐ答えた。

「もうわかってとくれやすと思いますが、佐田はんのところも、まあ、うちと似たお店どすが、竜助がお手つだいしたい、言いよりますのは、千重子さんのおそばに、半時間でも、一時間でも、いさしてもらいたいからどす。」

太吉郎はうなずいた。水木は竜助に似た額を拭（ふ）いて、「みっともない息子（むすこ）どすけど、働きはござりまっしゃろ。決して、無理お願いするのやおへんけど、ひょっとして、千重子さんが、いつか、竜助みたいなやつでもええて、万が一、お思いやしたら、ほんまに、あつかましいお願いどすけど、養子にしてやってもらえしまへんどっしゃろか。うちは、廃嫡しまっさかい……。」と、頭をさげた。

「廃嫡……？」太吉郎は、まったく、きもをつぶした。「大問屋のあととりを……。」

「そんなことが、人間のしあわせやござりまへんな。このごろの竜助を見ていて、そう思います。」

「ありがたいお志どすけど、そういうことは、若い二人の、心のなりゆきに、まかせてやっとくれやす。」と、太吉郎は水木のはげしさを、のがれて、「千重子は、捨子どした。」

「捨子が、なんどす。」と、水木は言った。「まあ、わたしの話は、佐田はんの、おなかにしもといてもろて、竜助をお店へ、お手つだいに、やってもよろしおすか。」

「はあ。」

「おおけに、おおけに。」と、水木は、からだも楽になったらしく、飲みぶりがちがった。

そのあくる日の朝から、さっそく竜助は、太吉郎の店に来ると、番頭や店員を集めて、品調べをした。――漆呉服、白生地、縫取縮緬、一越、綸子、御召、銘仙、裲襠、振袖、中振、留袖、錦襴、緞子、高級別染、訪問着、帯、裏絹、和服小物など……。

竜助はながめていただけで、なんとも言わなかった。番頭はこのあいだから、竜助が煙ったくて、頭もあがらない。

竜助はひきとめられるのを、夕飯前に帰って行った。

夜になって、ほとほとと、格子戸をたたくのは、苗子であった。その音は、千重子にだけ聞えた。

「いやあ、苗子さん、夕方から冷えたのに、よう来とくれやしたな。」

「…………。」

「お星さんは、出てはったけど。」

「なあ、千重子さん、お父さんとお母さんに、なんと、ごあいさつしたらよろしいの。」

「よう話したあるさかい、ただ、苗子ですと言えばええの。」と、千重子は苗子の肩を抱いて、奥へ進みながら、「晩御飯は？」

「そこで、おすしを食べて来たさかい、結構どす。」

苗子はかたくなっていたが、よくもこう似た娘がいるものと、ふた親は口もきけないほどだった。

「千重子、奥の二階へあがって、二人でゆっくり、まあ、お話おしやす。」と、気をきかせてくれたのは、母のしげだった。

千重子は苗子の片手を取って、細い縁(えん)を渡(わた)り、奥二階へゆくと、暖炉(だんろ)をつけた。

「苗子さん、ちょっと。」と、姿見の前へ呼んだ。そして、二人の顔を、見つめていた。

「似てるなあ。」千重子には、熱いものが、つたわった。右と左に立ちかわってみて、

「ほんまに、生きうつしの上や、へええ。」

「ふた子どすもん。」と、苗子は言った。

「人間はみんな、ふた子産んだら、どうどすやろ。」

「人ちがいばっかりして、お困りやさしまへんか。」と、苗子は一足さがると、目がぬれて、「人の運命て、わからんもんどすな。」

千重子も、苗子のところまでさがって、苗子の両の肩を、強くゆすぶりながら、

「苗子さん、うちにずっと、いとくれやすこと、でけへんの。父も母も、そない言うてるし……。千重子はひとりで、さびしいし……。杉(すぎ)の山が、どない気楽かしれんけ

ど。」

　苗子は立っていられないように、少しよろけ気味に、膝をついた。そして、首を振った。首を振っているうちに、涙が膝に落ちるようだった。

「お嬢さん、今では、生活もちごうてますやろ。教養みたいなんもちごうてますやろ。室町のくらしなんか、あたしには、でけやしまへん。たった一度、たった一度だけ、お店へ来さしてもろたんどす。いただいた、きものもお見せしとうて……。それに、お嬢さんは、杉の山へ、二度もおこしやしとおくれやしたし。」

「…………。」

「お嬢さん、あたしの親が赤ちゃんを、捨てたのは、お嬢さんの方どしたえ。あたしは、なんでや知りまへんけど。」

「そんなこと、もう、すっかり忘れてますえ。」と、千重子はこだわりなく、「あたしには、今ではもう、そんな親があったと、思てしまへん。」

「ふた親とも、その罰を受けたんかしらん、思いますけど……。うちも、赤んぼどしたけど、かにしとくれやす。」

「それが、苗子さんに、なんの責任や罪がおすの？」

「そんなことやおへんけど、前にも言いましたやろ。苗子は、お嬢さんの、おしあわせに、ちょっとでもさわりとうないのどす。」と、苗子は声を落して、「いっそ、消えてしまいとおす。」

「いやや、そんなん……。」と、千重子は強く言った。「なんや、片手落ちみたいな……。苗子さんは、ふしあわせなの？」

「いいえ、さびしいのどす。」

「さいわいは短うて、さびしさは長いのとちがいまっしゃろか。」と、千重子は言って、「横になって、もっとお話したいさかい。」と、押入れから夜具を出した。

苗子は手つだいながら、「しあわせて、こんなんどっしゃろな。」と、屋根に耳を傾けた。

千重子は、苗子が耳を澄ますのに、

「しぐれ？　みぞれ？　みぞれまじりの、しぐれ？」と聞いて、自分も動きをとめた。

「そうかしら、淡雪やおへんの？」

「雪……？」

「静かどすもん。雪いうほどの、雪やのうて、ほんまに、こまかい淡雪。」

「ふうん。」

「山の村には、ときどき、こんな淡雪がきて、働いてる、あたしらも気がつかんうちに、杉の葉のうわべが、花みたいに白うなって、冬枯れの木の、それはそれは細い細い枝のさきまで、白うなることが、おすさかい。」と、苗子は言った。「きれいどっせ。」

「…………。」

「すぐ止むこともおすし、みぞれになることも、しぐれになることもおすし……。」

「雨戸をあけてみたら、どうやの。いっぺんに、わかりまっしゃろ。」と、千重子が立ってゆくのを、苗子は抱きとめて、「やめとおきやす。寒うおすし、幻滅どすわ。」

「幻、幻って、苗子さんは、ようお言いやすな。」

「幻……?」

苗子は美しい顔で、ほほえんだ。かすかな、うれいがあった。

千重子が夜具を敷きかけると、苗子はあわてて、

「千重子さん、一度だけ、千重子さんのお床を、取らさしとおくれやす。」

しかし、二つならべた、苗子の床へ、だまって、もぐってきたのは、千重子であった。

「ああ、苗子さん、あたたかい。」

「やっぱり、働きがちがうのどっしゃろ。住んでるところと……。」

そして苗子は、千重子を、抱きすくめた。

「こんな晩は、冷えて来るのどすな。」と、苗子は一向に寒くないらしく、「粉雪は、ちらちらしたり、また、やんだり、ちらちらしたり……。今夜は……。」

「………。」

父親の太吉郎としげも、隣りの部屋へ、あがって来るらしかった。年であるから、電気毛布で床をあたためている。

苗子は千重子の耳に口を寄せて、ささやいた。

「千重子さんのお床が、あたたまりましたさかい、苗子はお隣りへゆきます。」

母がふすまを、薄目にあけて、二人の娘の寝室を、のぞいてみたのは、そのあとだった。

あくる朝、苗子が起きたのは、じつに早くて、千重子をゆりさまして、「お嬢さん、これがあたしの一生のしあわせどしたやろ。人に見られんうちに、帰らしてもらいます。」

ゆうべ苗子が言ったように、ほんとの粉雪は、夜なかに、降ったり、やんだりしたらしく、今はちらつき、冷える朝だった。

千重子は起きあがって、「苗子さん、雨具おへんやろ。待って。」と、自分のいちばんいい、びろうどのコオトと、折りたたみ傘と、高下駄とを、苗子にそろえた。

「これは、あたしがあげるの。また、来とくれやすな。」

苗子は首を振った。千重子は、べんがら格子戸につかまって、長いこと見送った。苗子は振りかえらなかった。千重子の前髪に、こまかい雪が、少し落ちて、すぐに消えた。町はさすがに、まだ、寝しずまっていた。

あとがき

『古都』は昭和三十六年十月八日から三十七年一月二十三日まで、百七回、朝日新聞に連載した。挿絵は小磯良平氏であった。

私の原稿が終始おくれたために、新聞社にひとかたでない迷惑をかけたが、小磯氏はほとんど全回私の原稿を見ることなく描きつづけて下さったようである。しかし、『古都』を脚色して新派に上演してくれた川口松太郎氏も、いい挿絵だから明治座で展観したいと言ったような挿絵で、小説の背景の場所の写生にもとづく絵も多かったから、この本にもその挿絵を入れさせてもらいたい思いはあった。

口絵の東山魁夷氏の「冬の花」（北山杉）は、三十六年の私の文化勲章のお祝いにいただいたものである。「冬の花」という画題は『古都』の終章の見出しにちなみ、作中にある北山杉を描いて下さったのである。三十七年の二月、東大沖中内科の私の病室へ、東山氏夫妻がこの絵を持って来て下さった。病室で日毎ながめていると、近づく春の光りが明るくなるとともに、この絵の杉のみどり色も明るくなって来た。

――今、東山氏は北欧旅行中なので、私は東山氏のゆるしもなく「冬の花」を巻頭のかざりとさせてもらうのである。私の異常な所産『古都』の救いとしてとの心もあって……。

『古都』を書き終えて十日ほど後に、私は沖中内科に入院した。多年連用の眠り薬が、『古都』を書く前からいよいよはなはだしい濫用となって、かねがねその害毒をのがれたかった私は、『古都』が終ったのを機会に、ある日、眠り薬をぴたりとやめると、たちまち激しい禁断症状を起して、東大病院に運ばれた。入院してから十日ほどは意識不明であった。そのあいだに肺炎、腎盂炎をわずらったとのことだが、自分では知らなかった。

そして『古都』執筆期間のいろんなことの記憶は多く失われていて、不気味なほどであった。『古都』になにを書いたかもよくはおぼえていなくて、たしかには思い出せなかった。私は毎日『古都』を書き出す前にも、書いているあいだにも、眠り薬を用いた。眠り薬に酔って、うつつないありさまで書いた。眠り薬が書かせたようなものであったろうか。『古都』を「私の異常な所産」と言うわけである。

したがって、私は読みかえすのが不安で、校正刷りを見るのを延し、出版もためらわれた。『古都』の上演を企画し、みずから脚色してくれた川口松太郎氏の、この作品に対する同情と慰藉によって、私は校正にとりかかった。果しておかしいところ、辻褄の合わぬようなところが少くなかった。校正でだいぶん直したが、行文のみだれ、調子の狂いが、かえってこの作品の特色となっていると思えるものはそのまま残した。校正は骨が折れた。しかし『古都』が私の他の作品と多少ちがうのは、眠り薬のおかげであろうか。

この本になって面目を一新しているのは京言葉である。京都のひとに頼んで直してもらった。会話の全体にわたって懇切丁寧な修正の加えられて来たのを見て、これは容易でない煩労をかけたと思ったが、第一の難点の京言葉が改まって、私は安心した。しかし私の好みで修正に従わなかったところもある。

新聞に掲載中に京都の新村出先生から「古都愛賞」という文章を、朝日新聞「ＰＲ版」にいただいたのは、私の望外の幸いであった。また手紙をくれた読者のうちに老人が多かったのも、私にはめずらしいことであった。

小説に作者の「あとがき」などは無用であるが、『古都』は新聞掲載のものをこの本でずいぶん直したので、そのわけを書きそえておきたかった。

（昭和三十七年六月十四日）

（編集部付記）

この〝あとがき〟は単行本刊行の際に付されたもので、東山魁夷氏の口絵は、この文庫本には収めてありません。

解説

山本健吉

一

作者のあとがきによると、この小説を書きながら、川端(かわばた)氏は心身ともに、一種の危機に立っていたらしい。『古都』執筆(しっぴつ)の前から、眠(ねむ)り薬(ぐすり)の濫用(らんよう)がはなはだしく、書きながらも服用し、うつつないありさまで書いたという。後でおかしいところ、辻褄(つじつま)の合わぬところは直したが、行文の乱れや調子の狂(くる)いがかえってこの作品の特色となっていると思えるところは、そのまま残したともいう。

小説『古都』は氏の言うように、「私の異常な所産」というべきだろうが、氏の別の小説『眠れる美女』や『片腕(かたうで)』のように、題材そのものが異常なわけではない。いや、作者が精神の異常を意識すればするほど、この小説はその反対がわに傾(かたむ)こうとしたかとも思われる。まずこの小説のヒロイン千重子は、「真直(まつす)ぐに、きれいに立って」いる娘(むすめ)である。ちょうど北山杉(きたやますぎ)のように——。そしてこの、北山杉の村の情景は、この小説に四回も出てくるが、それはこの小説の象徴ともいうべきものである。

二

この小説は京都を舞台にして、一方では京都の年中行事絵巻が繰り拡げられ、他方では京都各地の名所案内記をも兼ねている。全九章のうち、「春の花」「尼寺と格子」「きものの町」は春、「北山杉」「祇園祭」は夏、「秋の色」「松のみどり」「秋深い姉妹」は秋、「秋深い姉妹」の終りごろから「冬の花」は冬である。そして、年中行事としては、花見、葵祭、鞍馬の竹伐り会、祇園会、大文字、時代祭、北野踊、事始めなどが書かれ、名所や土地の風物としては平安神宮、嵯峨、錦の市場、西陣、御室仁和寺、植物園、加茂川堤、三尾、北山杉、鞍馬、湯波半、チンチン電車、北野神社、上七軒、青蓮院、南禅寺、下河原町の竜村、北山しぐれ、円山公園の左阿弥その他が描かれている。

かつて馬琴の八犬伝が、舞台を多く江戸近郊に取り、そのことが江戸の読者たちの興味を掻き立てたように、これも京都に住む人、京都を知る人に、既知の風物に作中で出会うという快感を、ふんだんに味わせてくれる。これはある意味では、地理的、風土的小説と言ってもよい。そして作者は、美しいヒロインを、あるいはヒロイン姉妹を描こうとしたのか、京都の風物を描こうとしたのか、どちらが主で、どちらが従か、実はよく分らないのだ。

この美しい一卵性双生児の姉妹の交わりがたい運命を描くのに、京都の風土が必要だったのか。あるいは逆に、京都の風土、風物の引立て役としてこの二人の姉妹はあるのか。私の考えは、どちらかというと、後者の方に傾いている。

三

ところでここに描かれた京都の風物のうち、北山杉は一般の読者になじみが薄いものであるかも知れない。原著には口絵に、東山魁夷氏の「冬の花」と題する、北山杉の村の杉山の図が掲げてある。『古都』の新聞の連載が終ったあとの入院中、川端氏の病床に、東山氏が持って来られたものという。「病室で日毎ながめていると、近づく春の光りが明るくなるとともに、この絵の杉のみどり色も明るくなって来た」と、川端氏は書いている。

北山杉は清滝川の谷間に点在する中川、小野、梅畑の村で、岸辺からあまり高くもない山の頂まで、杉の木が立ち並んでいる。枝打ちして、梢に近い部分だけを丸く残して、あとの不要な枝は払い落してあり、皮をむいた真っ直ぐの幹の白い膚が、頂の緑とともに鮮かである。

「杉の幹が、細工物みたいに、そろて立ってるのは、そうやろ思てましたけど、上の方の枝の葉も、地味な花みたいどすな」（秀男の言葉）

「じつに真直ぐな幹の木末に、少し円く残した杉葉を、千重子は、『冬の花』と思うと、ほんとうに冬の花である」

それは数寄屋普請などに使う、節の少ない細丸太、柱丸太を作るのが目的で、そのために株立状の特殊な樹形に育て上げてある。一本の台木から何本も脇芽を垂直に成育させ、台木は何本もの蠟燭を立てる燭台のような形だ。匍匐した下枝が根を出して新しい株となり、それを伐ったその切口に新しく発芽させる。芦生杉という変った種類で、北山杉の外に、白杉、台杉などの名があるようだ。

秀男の言葉にあるように、これほど人工的な、細工物みたいな木立は、外にないだろう。それは大事に躾けられ、行儀よく育てられて、余計な悪癖を身につけないように丹精された、この上ない被造物である。それは千重子にとっては、一つのあこがれであったかも知れない。だが、千重子と双生児の姉妹で、北山杉の村に育った苗子は、次のような希求を胸に抱いている。

「（杉木立は）これで、四十年ぐらいどっしゃろ。もう、切られて、柱かなんかにされてしまうのどす。そのままにしといたら、千年も、太って、のびるのやおへんやろか。たまに、そない思うこともおす。うちは、原生林の方が好きどす。この村は、まあ、切り花をつくってるようなもんどっしゃろ……」

そこで、杉の木の自然の生命が、あまりに人間の手で矯められているのを見た。そして彼女は、さらに次のようにつけ加える。

「この世に、人間というものがなかったら、京都の町なんかもあらへんし、自然の林か、雑草の原どしたやろ。このへんかて、鹿やいのししなんかの、領分やったんとちがいますか。人間て、なんでこの世に出来ましたんやろ。おそろしおすな、人間て……」

一方、千重子の父は、真直な北山杉を、人間の娘に見立てて、次のような批判を投げつける。

「……北山杉みたいな子は、そらもう可愛いけど、いやへんし、いたとしたら、なんかの時に、えらいめにあわされるのとちがうやろか。木かて、まがっても、くねっても、大きなったらええと、お父さんは思うけど……。こない狭い庭の、あのもみじの老木を見てみ」

これは千重子の養父の自己批判であったようだ。北山杉の職人の子であった千重子には、養父にはない生命力が具わっていた。そして、その点では、北山杉の人工性に飽き足らぬ苗子と同じく、やはり原始の野性を内に深く蔵していると言えるだろう。竜助の示唆を早速実行に移して、番頭の植村の前で強く居直った強さは、養父にはなかった。

同時に苗子が、千重子の家に二度と行くことを拒む意志の強さは、単に野性の力とは言えない克己心であり、千重子と著しく似てくるのである。二人はやはり双生児である。

四

千重子の家の庭にもみじの古木があって、その幹に小さいくぼみが二つある。そのそれぞれに、すみれが生えて、春ごとに花をつける。上のすみれと下のすみれとは、一尺ほど離れているが、年ごろになった千重子は、

「『上のすみれと下のすみれとは、会うことがあるのかしら。おたがいに知っているのかしら。』と、思ってみたりする」

冒頭の章に書かれたこの上下のすみれの挿話は、千重子、苗子の双生児姉妹の象徴とも思われる。

二人の父は、北山杉の杉丸太の職人であり、この双生児が生れたとき、千重子の方を京のある店の格子（こうし）の前に捨子した。上のすみれと下のすみれは、同じ容貌（ようぼう）を持ち、似たような気性を受けながら、別々に育った。それがふとしたことで出会い、知り合うのである。だがやはり、別の環境（かんきょう）で育ってきた二人は、結局は別々に生きるより仕方のない運命であるらしい。

「千重子は廊下（ろうか）からながめたり、幹の根もとから見上げたりして、樹上のすみれの『生命』に打たれる時もあれば、『孤独（こどく）』がしみて来る時もある」

それは別々に生きて来た二人の姉妹の、それぞれの「生命」でもあれば、それぞれの「孤独」でもある。そして結局は、人間という存在の不思議さ、寂（さび）しさに帰着する。

作者は冒頭に、二つのすみれの外に、庭にあるキリシタン灯籠（どうろう）と、千重子が飼（か）っている古丹波（こたんば）の壺（つぼ）の鈴虫（すずむし）とのことを書いている。すみれの花から、連想が連想を生んで、それらはこの作品の主題に暗示を投げかける象徴であったらしい。すみれにしても鈴虫にしても、どうしてそんなに狭苦しいところに生きねばならないのか。こんな質問に答える人はないであろう。「自然の生命」という言葉が頭に浮（うか）ぶ。だが、「壺中（こちゅう）の天地」とは、別乾坤（べっけんこん）であるかも知れない。そのような感想が、作品中にうつらうつら明滅（めいめつ）するのかとも思ったが、そうでもなかった。浮んだ感想も、この小説では何かはかない感じである。

結局は京都の名所風俗図絵、年中行事絵巻を繰り拡げるところが、この可憐(かれん)な作品のひそかな願いであったのかも知れぬ。ここに描かれた京都のような都会が、今日の日本においては、別乾坤であり、「壺中の天地」であるのかも知れないのだ。

(昭和四十三年八月、評論家)

解　説

綿矢りさ

京都市中京(なかぎょう)区にある立派な呉服問屋の娘である千重子と、北山杉の村で働いている娘の苗子は、幼いころ生き別れたふた子だった。

壺(つぼ)の中だけで一生を終える鈴虫をかわいそうと思い、問屋の一人娘のお嬢様で箱入り娘の自分を重ねている千重子は幼なじみの真一や、その兄の竜助と交流があるが、育ての父親の仕事ぶりがあまり良くないのを、気がかりにしている。父親の太吉郎は中京にある京呉服問屋を持ち、着物や帯のデザインもしているが、時代に追いついた柄を思いつけず、苦心している。私は京都出身なのだが、私の父も同じく中京の京呉服問屋に勤めていたので、千重子のようにお嬢様ではないものの、勝手に親近感を持った。ただ私の父は着物を売る側だったが、太吉郎は売る側でありつつ作る側も兼ねているので、創作と経営の両方で大変そうだ。

一方、北山杉の村に住む苗子は生みの母と父を亡(な)くし、山へ出て働いている。千重子とは違い、生き別れのふた子の存在を知っていた彼女は、会いたいと切に願っていた。しかし願いが叶(かな)い、千重子とは会えたものの、千重子がお嬢様として育っていると知ってからは、身分ちがいだと感じ、会うのに遠慮するようになる。

二人が祇園祭(ぎおんまつり)の宵山(よいやま)で再び偶然出会うシーンを読んだとき、こういうミラクルはやっぱり祇園祭の日に起こるよね！と何度も頷(うなず)きたくなった。京都に祭りは多々あれども、祇園祭は何しろ盛大で、外からの観光客はもちろん、京都に住む人たちもみんな来る。みんなは言い過ぎだけど、〝京都の民が大集合やな！〟と感じるほどの人出の多さになる。初めて東京の渋谷のスクランブル交差点付近に行ったときは〝なんやこの人の多さは。祇園祭のときみたい〟と思った。別々の場所に住んでいる京都の人と人が出会うとしたら、まさにこの日がうってつけだ。

本編読後の恍惚(こうこつ)も冷めやらぬうちに、川端康成本人のあとがきを読んで驚いた。「私は毎日『古都』を書き出す前にも、書いているあいだにも、眠り薬を用いた。眠り薬に酔(よ)って、うつつないありさまで書いた。」とあったが、雅(みやび)やかで精緻(せいち)な本文には薬の痕(あと)が少しも残っていない気がした。〝うつつないありさま〟が全然伝わってこない。眠り薬は飲むと眠くてたまらなくなるものだと思うし、常用していた川端氏が